金奈手記

那個印度少年

Memorandum to Chennai
That • Indian • Youth

陳柏源——著

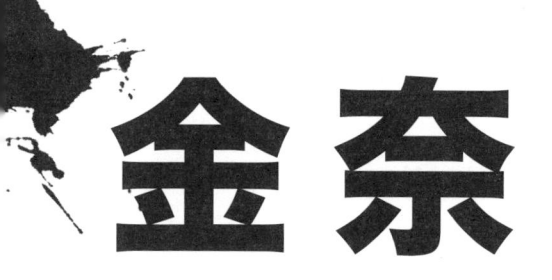

金奈手記：那個印度少年

國家圖書館出版品預行編目（CIP）資料

金奈手記：那個印度少年 / 陳柏源 著.
-- 初版 . -- 高雄市：巨流圖書股份有限公司，
2021.11
面；　公分
ISBN 978-957-732-635-5　(平裝)

863.56　110017264

作　者	陳柏源
編　輯	沈志翰
封面設計	賴昱旻
發行人	楊曉華
總編輯	蔡國彬
出版者	巨流圖書股份有限公司
	80252高雄市苓雅區五福一路57號2樓之2
	電話：07-2265267
	傳真：07-2233073
	e-mail: chuliu@liwen.com.tw
	網址：http://www.liwen.com.tw
編輯部	100003臺北市中正區重慶南路一段57號10樓之12
	電話：02-29229075
	傳真：02-29220464
劃撥帳號	01002323　巨流圖書股份有限公司
購書專線	07-2265267轉236
法律顧問	林廷隆律師
	電話：02-29658212
出版登記證	局版台業字第1045號

ISBN／978-957-732-635-5　（平裝）
初版一刷・2021年11月

定價：315元

獻給弟弟亮岑及家人

掉堵塞的空氣。不過遇到要拿粗針刺你耳膜的「下降」時便毫無效果。而且我打哈欠打到嘴巴快脫臼，每到飛機快下降時，可以感覺到有人已經準備摀住我雙耳，拿粗針要準備刺向我，神經衰弱下，我每次都要用雙手的手指插進耳朵摀著，一路從上空摀到飛機落地，雙耳像殘廢般耳鳴，需兩天左右方會輸通。

「多喝點水吧。」

空姐每次都會看見一位男孩坐在位置上，雙腿屈膝，手摀耳朵，臉部猙獰地像隻捲曲的老鼠縮在位置上。經過的空姐，在敬業之下，都會來問候我母親我怎麼了。但她們不懂也無可奈何，一點辦法也沒有，只好一直遞水給我，一杯又一杯的。我雙手無法離耳，一離耳就會有人拿粗針在刺我耳膜，久而久之發現一直灌水只會跑廁所，飛機降落時都要坐在位置上繫好安全帶，不能隨意起身，何況我雙手無法離耳，簡直像個怪人一般在扭動，最後就再也不進水了反正都已啟程到一個不知去向的地方了。

千禧年三月十八日，中華民國政治史上第一次政黨輪替，民進黨候選人陳水扁和中華民國首位女性副總統呂秀蓮結束了國民黨在台五十五年的執政，民主改革聲浪日漸擴大。

位於相距四千餘公里外的金奈，正是從她的舊名「馬德拉斯（Madras）」換名未滿四年。她快速建立和擴張了印度的信息技術中心，吞噬了許多漁村，土地改造便為當地鋪上了經常淹水的生態問題，成為一條不歸路。

金奈，一位尊神的面孔。

一個地方的機場是給人這個國家第一印象的現身。剛下飛機進到金奈國際機場時，它像是個拱形的大蓋子，很像山水作品中的巨碑聳立在一個平原中央裡。一股悶感和熱氣就席捲而來，所以我對金奈的第一印象是「悶」，往後進入機場也始終如此。

金奈（Chennai）當時是印度第三大城市，僅次於新德里（New Delhi）

和孟買（Mumbai），也叫做清奈、真奈、欽奈等中譯名。當地人常叫她「金奈帕提囊（Chennaipattinam）」，這才是金奈的全稱。相傳是一六四〇年英國在這兒建立了聖喬治堡[1]（Fort St. George）後，周邊有一座小漁村，就是現在金奈的所在地。「帕提囊（pattinam）」在當地的泰米爾語是海岸鄉鎮的意思，「Chenni」是臉面的意思，這樣稱呼是因為這個小鎮以前有座神廟（現今尚存）：金納克薩瓦的佩魯瑪爾寺（Chennakesava Perumal Temple），這裡信奉一尊南印體系的神祇：佩魯瑪爾（Perumal）。佩魯瑪爾是印度教三大神祇之一：毗濕努[2]（Vishnu）的化身，經常顯靈保護此村鎮，因此成為了這個小鎮的守護神，而「金奈」的意思也指她是佩魯瑪爾的臉或面貌，有代表性之意。正源於祂是

---

1 聖喬治堡是英國在印度蓋的第一座堡壘，村落城市也從這座堡壘周遭逐漸發展起來。

2 毗濕努，和梵天、濕婆共為印度三大主神之一，是較為溫馴的神祇並掌管秩序和守護宇宙。祂最大特徵之一便是有十大的化身，包含魚、烏龜、羅摩、黑天和甚至一說佛陀也是祂的化身。祂通常手持神輪，座騎為金翅鳥（迦樓羅）並且跟濕婆一同是印度當地最具影響力和被信奉的神祇，在當地毗濕努的廟宇就達上千座。

圖為家人在金奈當地菜市場所攝。筆者提供。

毗濕努的化身，當地人對毗濕努這位尊神（包括神話所造成的影響）有極正面的形象，當地人說信仰佩魯瑪爾可以帶給他們正向和生命的完整性。我想毗濕努本身是除惡的慈悲神祇，故很多人會去參拜這間寺廟，參加所謂的「Puja」（禮拜）可以打破負面情緒的能量，然後當地人說通過這樣的崇拜才能吸引活力、聲望和勇氣到人的生活中。

既然是海岸鄉，過去十七世紀的英屬印度便在此建立海軍基地跟港口，至今二十一世紀的金奈表徵著南印度文化風格，也是印度第二大軟體工業和IT工業中心，以及汽車工業的重鎮。

話說當時我根本記不得金奈、金奈的，走在機場或路上，有很多地標跟指標都會寫著大大的「Madras」（馬德拉斯），或「Madraspatnam」。到底這裡叫什麼我很混亂，馬德拉斯是金奈，金奈是馬德拉斯，是城市的新舊名的問題所造。一九九六年才正式改名叫金奈，怪不得才剛換名字不到四年，各個印度人還在口口聲聲：馬德拉斯、馬德拉斯的講。然而我也比較記得起馬德拉斯這名字，因為每次返台要向人解說時，說金奈大家是不知道的，說馬德拉斯：

「哦！我好像聽說過。」

滿麻煩的，就好像要記得高雄，但若要與人講起時便要說「打狗」。

馬德拉斯一名相傳是一五五二年葡萄牙人到這裡建造的港口聚落「Madre de Deus」一名衍生而來。一六一二年被荷蘭東印度公司佔據，爾後多年換成英國東印度公司在這興建貿易代理商行。大約十八世紀的時候法國總督還到此搶劫了此地，之後重新在幾年後被英國奪回掌控權，合併了這些村鎮成馬德拉斯省。

金奈馬德拉斯是南印度重要的經濟中心，早期這個省邦（泰米爾納度）就具有她兩千多年的歷史，並且跟主流的印度史有所分別。我在當地的安達爾夫人私校（Lady Andal）就讀期間，我們的印度史課程中，主流的大王朝如領土最大的蒙兀兒帝國[3]和孔雀王朝[4]都未佔領或入侵位屬於印度南端的兩個地域：現今的泰米爾納度邦和喀拉拉邦（Kerala），更別說是其他種種的王朝，一到南端就止步了，相當奇怪。這使得南印一直存在著自己對稱和交流並存的文化歷史發展。

位於金奈的中小學，在讀印度史的課程裡，歷史老師（在私校都稱老師為女士，Madam）就經常把比重放在南印度自己的王朝史。如朱羅王朝[5]和

3 蒙兀兒帝國，Mughal Empire（一五二六至一八五八年），成吉思汗和帖木兒後裔的巴布爾在一五二六年佔領北阿富汗地區後進攻北印度德里，在第一次帕尼帕特戰役（The Battle of Panipat）中打敗了德里蘇丹國的軍隊建立了蒙兀兒帝國。是一個具有混合突厥、波斯、蒙古等種族的帝國，主要官方語言為波斯文。「蒙兀兒」在波斯文中其實就是指蒙古。其第三代皇帝阿克巴（Akbar）被譽為印度史中最偉大的皇帝，最主要他做到宗教寬容，讓伊斯蘭教、穆斯林和印度本土宗教能夠平等。其第五代皇帝沙・賈汗（Shah Jahan）因為紀念愛妻而大興土木蓋了印度著名的泰姬瑪哈陵。

4 孔雀王朝，Mauryan Dynasty（西元前三二二至一八四年），為旃陀羅笈多（Chandragupta Maurya）在原印度列國時期（Mahajanapada）的摩揭陀國（Magada）推翻了擴張中的難陀王朝（Nanda Empire）擊敗了亞歷山大在西部部署的軍隊成為第一個在南亞大陸上的大王朝。根據佛教典籍，孔雀王朝的祖先曾在居多孔雀之地生存，其中「Mora」在古巴利文中指孔雀，亦建立了孔雀城市一說，並相傳旃陀羅笈多最後成為耆那教的信徒。但其第三代君主阿育王（Ashoka）成了印度最偉大的國王之一，宣揚佛教並廣蓋佛塔，一聲中佈施並推廣佛教，甚至傳播至南印度到斯里蘭卡（古稱錫蘭），設佛教為全國性宗教，是佛教在印度史上最輝煌的時刻。

5 朱羅王朝，Chola Dynasty（西元前三百 - 西元一二七九年），由大羅荼羅乍一世（Rajaraja I）征服南印度半島建立朱羅王朝，與哲羅王朝（Chera Dynasty）和潘地亞王朝合稱南印三大王朝（Three Crowned Kings）。其海軍艦隊力量是古印度王朝的巔峰，從現今泰米爾納度地區延展領土至斯里蘭卡、馬爾地夫，

潘地亞王朝[6]等，主要可能源於三個主因導致歷史上的南印度免受外敵入侵。第一點在於雅利安人[7]據載由西北部進入印度次大陸，南印度地域的人口分佈不多，那時應是達羅毗荼人（Dravidian），因為它是一個高原（德干高原，**Deccan Plateau**），不比北印度有恆河的條件優渥。在這個原因下，歷史上的

後入侵馬來西亞和印度尼西亞的三佛齊（Srivijaya），成為了一個「泰米爾地中海王朝」。朱羅王朝興盛了泰米爾傳統建築和文學並且保存和遺留至今。

6　潘地亞王朝，**Pandya Dynasty**（西元前四世紀 - 西元一六五〇年），是個相當古老的王朝並從泰米爾納度的南部馬杜賴（Madurai）發源，曾被早期朱羅佔據，但在馬瓦拉曼一世（**Maravaman I**）之後逐漸成為南印度勢力，領土擴及斯里蘭卡北部。在泰米爾古早傳說中，「潘地亞」的字源可追溯至泰米爾中的「古老」一意，而「朱羅」則意指「新」的意思，可判斷為記載兩代王朝的用語。在古羅馬和當時代北印度的霸主孔雀王朝都有歷史記載關於一個位於南印度的潘地亞王朝納貢等記載。

7　雅利安人，**Aryan**，通常是指一支在印度西北部，並且使用印度—雅利安語支（Indo-Aryan）的族群。多數情況下這支族群通常指稱語源和語系的分佈，而在印度曾有三種族群融合在印度次大陸之間，印度—雅利安語支是一支，位於南邊的達羅毗荼語系（Dravidian）是另一支。印度官方語言印地文（Hindi）便是印度—雅利安語支底下的一種語言，而南印度的泰米爾語則是在達羅毗荼語系底下發展的。十九世紀納粹德國曾經誤解雅利安人的資料，便產生種族主義的優越觀，後成為納粹黨對種族清洗的理由。

＊多筆資料由筆者於當地學校上課所學並依照印度史文獻（見參考資料）加以考證。

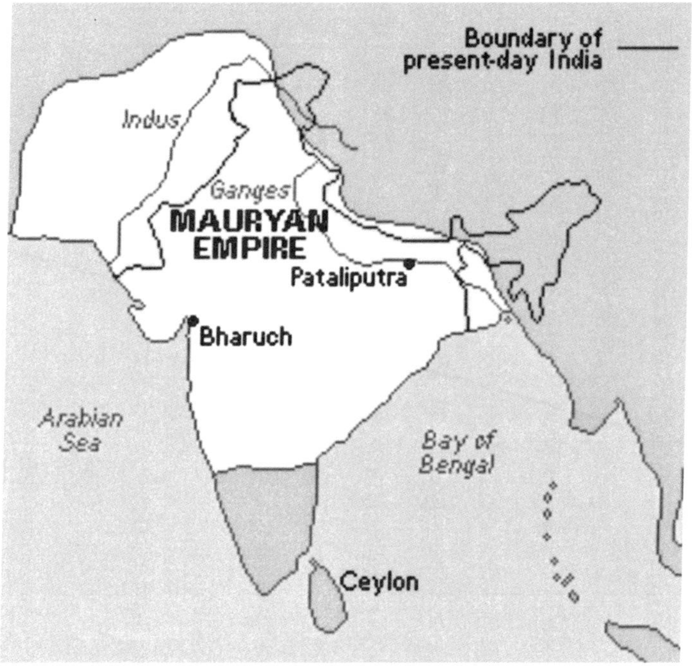

圖為西元前 327-158 年的孔雀王朝領土，資料來源：TheIndianHistory.org。
http://theindianhistory.org/Mauryan/mauryan-dynasty-timeline.html

王爺們或許對於西北部地區（今巴基斯坦）的興趣是遠大於南印度的（東北地區是喜馬拉雅山脈）。第二個原因在於中印度的溫迪亞山脈（Vindhya Range）的阻礙，這個地質年齡較老的山脈是著名的屏障，把印度分成北印跟南印。第三個原因是地理版圖太大，計算一下從現印度北部首都新德里到印度最南端的科摩林角（Cape Comorin）就相距約兩千五百公里以上，大約是從倫敦到莫斯科，或從上海到四川、雲南的距離。要統治一個相距這麼遠的土地是相當具有難度的。因此，南印度，尤其以泰米爾納度邦和喀拉拉邦為主，都有一個屬於自己的發展史軸線。而於現今泰米爾納度邦首都的金奈更是六〇年代「泰米爾語運動[8]」發展的重地。如果以印度文明的印度—歐洲語系中，古老的梵語（Sanskrit）來看，早在這個由雅利安族人帶進來的語系之前，南印度的達羅毗荼語系就已經存在了，而泰米爾語就是主要的達羅毗荼語系，這個語系在梵語進入印度之前，使用者就已經遍佈在印度大地上使用了。

或許是一個不尋常的小插曲，透過移動的過程讓我更加深了對此地環境的印象和特殊性。

在金奈的路途上，當地人開著車載我們認識新環境。這是個喧鬧的大早晨，陽光極大。我坐在後座靠窗，就跟我每次都要搶飛機上靠窗的位置一樣，喜歡待在角落觀察。滿滿的異國風情，從建築到人，服裝到語言，完全跟台灣有極大差異。很多時候，我都是待在父母身旁，也聽不懂印度文和英文，只能呆看一群人喋喋不休的對話。印度人講話習慣除了著名的搖頭晃腦之外，還很愛雙手揮來揮去。合併著手掌向上，左右翻動往往是在評論某件東西。張開手掌五指直伸，正反面翻動往往是在指「沒有」的意思。語氣非常理直氣壯，加

8 泰米爾語運動，**Anti-Hindi agaitations**，又稱反印地文為印度唯一的官方語言騷動，從一九三七年開始至今皆有零星的騷動。最嚴重的一次在一九三七和一九六五年，一九三七年由印度國民大會黨執政的拉賈吉（C. **Rajagopalachari**）任職馬德拉斯總府期間，推行印地文為印度官方語言，並以義務教育的方式引入學校遭到反對黨佩利耶（**Periyar**）一派正義黨的反對，造成抗議學生被政府鎮壓拘捕。爾後一九六五年，在印度和斯里蘭卡分分脫離英國獨立之後，印度共和國內部產生制定官方語言的辯論，政府取消長期以印地文為官方語言而英語為次官方語言的方式，列印地文為唯一官方語言而遭到大批非印地文語系之人反對，尤其是長期在南部的泰米爾人。暴動、絕食和騷動四起，最後在印度總理 **Lal Bahadur Shastri** 出面調停，承諾英語不會被剔除，不會讓印地文成為唯一的官方語言才稍微平息騷動。

上搖頭晃腦和雙手揮來揮去的，那時我覺得大家要不是在吵架，就是在巴三覽四吧。

金奈有片蔚藍的天空，萬里無雲，就連在天上樹上飛來飛去的鳥兒都不同。那是印度普遍大街小巷都聚集的「烏鴉」，鴿子和麻雀反倒很少出現在我的印度記憶當中。這些被我們華人視為不吉利象徵的動物，在印度教和當地人眼裡，烏鴉像極了奧林帕斯神中的信使：赫米斯（Hermes），他們相信烏鴉會帶來信息和徵兆。據我印度的家教老師說，當烏鴉跑來到一個家戶門前面對著這戶人家丫丫叫時，代表當天會有個特別使者或來賓會光顧這戶人家。在許多的印度文學裡，烏鴉都代表著訊息的角色，所以當地人都相信烏鴉有很強大的記憶。不過對我而言，我倒覺得烏鴉經常在大街小巷聚集的原因是路上有過多的雜食堆積。路途上我就一直看見一群烏鴉（當時我都叫他黑色鳥）以零散的方式徘徊在路邊賣吃的店家附近。有的甚至會大膽的去啄用餐人盤裡的食物，啄走食物馬上飛走，這種被烏鴉從旁襲擊，搶走食物的經驗我曾遇過，所以我心裡倒滿排斥這群黑色鳥的。

路途上看著窗外許多陌生景象就如幻燈片似的一張一張閃過，這種距離感經常出現，伴隨著是「我將要在此定居」的覺悟。也不曉得自己會在此地待上多久，回鄉的日子永遠遙遙無期。這種似曾相似的感覺至今我都分辨不清了，那種景象也重疊在我初次到泰國的記憶當中。

此處車子會一顛一顛的晃動，那種古裝劇裡戰場黃土滾滾的景象在千禧年的金奈是可見的。從小就喜歡車的我（現在不喜歡了）對印度路上的車輛感到新奇。搭載我們的是一輛白色的類休旅車，又有點越野車的樣子，車輛後面有龐大的輪胎。當時最讓我好奇的是路上沒有柏油鋪成的路，車子都穿梭在原始的土地上相當純樸，像泥地塵沙，有著滾滾黃沙的感覺。晃來晃去的，我想在這邊開越野車應該也毫不為過吧。這台車是印度國產的「TATA（塔塔）」汽車，標誌好像就是個大寫英文的「T」。怪不得從小對汽車廠牌標誌背得滾瓜爛熟的我，竟然無法辨識這是什麼廠牌的車。塔塔汽車主要廠商都分佈在西印度的孟買和馬哈拉施特拉邦（Maharashtra）並在很早英屬印度時期就開始開發鋼鐵工業的發展。在金奈路上跑的是另一種很復古的車：興都斯坦汽車[9]

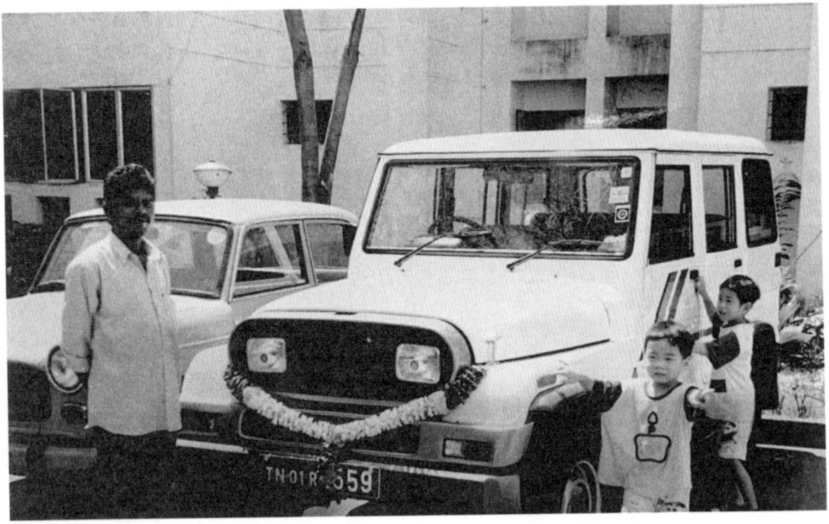

圖為當時的汽車，左邊則是當地的印度斯坦汽車，筆者時 2001 年。圖 / 筆者提供。

（Hindustan Motors）。我都稱他「金龜車」，實際的數量很多，一台接一台在金奈土地上跑，相當令我驚訝。如果是現在的我應該會很驚喜若狂，不過十幾歲的我崇尚的是進步主義的現代感，當看到一幕幕復古景緻我確實會滿失落的，產生一種台灣比印度進步的先入為主觀點。這金龜車是五〇年代英國生產的傳統莫里斯汽車（Morris Oxford car），六〇年代還在英國的路上奔跑。它車身不大，有個像烏龜或駱駝一般的背，有幅度曲線，視覺上挺可愛的。大多都是白色、灰色和天空藍的車身，而興都斯坦汽車的大使系列（The Ambassador series）與 Morris Oxford series 有極高相似的特徵。

9　興都斯坦汽車是一個由國家協助私人企業去取得的外國進口技術。在英國殖民結束之後，由印度第一任總理尼赫魯（P. Jawaharlal Nehru，一八八九至一九五二年）所採取的經濟政策計畫：以國家來負責協助生產大多的基礎產業建設，嚴格保護本國企業不遭受其他外來進口產業的競爭，藉此防備曾經在殖民時期英國工業化產業扼殺印度的本國手工業生產力的慘況。因此，基本的汽車產業就透過印度政府居中協調，取得英國莫里斯汽車的生產技術，讓印度私人企業在境內自產汽車。所以印度一直以來大多數的汽車在千禧年期間都是一慣的大使系列，直到後續從尼赫魯政策轉向到經濟自由開放，才有外國汽車產業陸續進入印度。參考自《印度：南亞文化的霸權》（*India: Brief History of a Civilization second edition*）。

此時，車子急煞，我們都癲了一下往前傾倒。車子裡很熱，那冷氣似乎都一直不冷。司機拉下車窗伸手向前面的駕駛咆哮，比出那開掌向上的手勢，分明應該是在爭論。

一台像三輪車的車子從旁插進來，導致我們急煞。反正路上都沒有交通路線，一到車輛繁多時，那些三輪車都隨便行駛。我覺得好玩，因為第一次見到這麼可愛的車。

「這是車子？」母親詢問印度的司機。

「哦！你說 AUTO！」

「那是什麼？」

「車啊！」

車身前面有個小輪子並架有擋風玻璃，很像一台有擋風玻璃的機車，但沒有車門。不過右邊是被鐵柱或鐵板擋著的，乘客只能從左手邊上車，或許因為印度是右駕系統的關係。駕駛座在前面正中間，一人坐的位置。後面是客座位，並且用一塊黑色的遮雨棚以倒 L 的方式安裝在車後。它的喇叭很有趣，是個傳統球體喇叭，掛在擋風玻璃的右側車外，每次駕駛要按喇叭就伸手捏一捏那球體，就會發出帶有鼻音的「叭叭」之聲，就是這台車的喇叭聲。

後來我才搞懂「AUTO」（我們都叫它「阿豆」）是簡稱的嘟嘟車，是一種自動的人力車（Auto Rickshaw）或黃包車[10]，六〇年代引進印度的。有點類似當地的計程車，我們經常都搭這些阿豆出去買東西，每次都要跟司機駕駛討價還價的，因為若不在上車前談好一個雙方都滿意的價位，司機通常都會獅子大開口，不過我也曾遇過好心的阿豆司機免費載我們到目的地。要是乘客跟司機談不攏，就會看見好幾台阿豆先生過來拉客，開更優惠的價位，而原本的阿豆先生就會鐵著臉口中念念有詞。曾經有次母親帶我倆兄弟一起搭阿豆出去買東西，母親開了一個令阿豆先生不太滿意的價位，或許出於不爽，這位阿豆先生越開越不爽，竟然把我們載到一個陌生的荒郊野外，轟我們下車後掉頭就

10 黃包車：又稱人力車，主要在十九世紀左右傳入印度加爾各達（Kolkata）幾年後開始在該地通行，這是在汽車尚未發明前所使用的交通工具。通常是個兩輪車，由一人在前面拖拉前行。

圖為印度阿豆交通工具。圖授權 /Jagdish Choudhary

開走，我看他錢也不要就把我們丟包了，把我們在路邊愣著。話說回來，我喜歡這些阿豆，雖然是印度交通文化上的問題產物，但除了視覺造型上可愛之外，這種搭載經驗奇特令人著迷。

有一次，我們從一家購物中心那兒返回住所，路上連日下完大雨，積了滿滿的大水。那阿豆因為底盤不高，又無車門，開在淹水區的積水就像海浪般湧進我的小腿。阿豆大哥通常都光著腳走路和駕車，但我們的母親則沒那麼高興了，我跟弟弟倒是泡在水裡乘車，可樂著呢。

阿豆雖然分佈在全印度，不過印度也有另一種三輪車叫「賈尬（Jugaad）」，從印度西北部旁遮普（Punjab）方言發音，有「連接」的意思，也經常在西北部出現這種低成本的連接車。這種賈尬是摩托車改造來的邏輯，前身是摩托車，後身適用兩輪的方式嫁接貨架，人跟貨物都可以載運，視當地人怎麼改造，後身也能大到載運二十餘人。除此之外，有傳統的三輪車，路上也會有雞、牛行走，也有牛拉車等極為熱鬧。

印度的司機大哥帶我們認識周遭的環境後便離去。

圖為 2001 年筆者搭乘牛拉車的交通工具以及印度當地普遍的道路情況。圖 / 筆者提供

一開始我只記得我像是寄宿在一個華人的金奈住所，確切位置我也不太清楚。那裡有大哥和大姐跟著我們兄弟遊玩。但我每天都相當無聊，在家中就是看著印度當地電視台，外頭實在陌生我也沒敢獨自一人出去亂晃。再者，就以一個崇尚進步主義與現代感的小鬼來說，印度外頭的世界應該是吸引不了當時的我。手裡天天握著電視遙控器，幸虧有卡通頻道（Cartoon Network），成了我的天堂。電視上播著《摩登原始人（*The Flintstones*）》一部六〇年代的卡通，講述著一個石器時代的主人翁在一個科技尚未發達的年代裡的一些零星故事。原本應該就此認命地看，但從印度電視播出來的東西大部分都是用印度文配音。

那時大哥大姐們借了我倆一台任天堂的掌上遊戲機，八成是從其他國家帶進來的。是一九九八年發行的色彩款，據說是第一款色彩遊戲機，放進有九十九款遊戲的卡夾（catridge）就可以選擇遊戲來玩。從此我便迷上掌上遊戲機打發時間，沒日沒夜的，從此就變成了宅男。

「這台遊戲機就送給你們吧！」

某天，大哥大姐要離開印度了，他們看我倆非常喜歡這台遊戲機便送給我們。其實我也不清楚他們為何突然離開印度了，我想或許是要回到家鄉打拼去。我跟弟弟滿是歡喜，有了掌上遊戲機，往後的日子想必就不會那麼無聊了。

某日正當我在研究一九九三年發行的壞力歐樂園（Warioland）時，母親要我和弟弟隨她一同到街上採買並逛一逛周邊有賣些什麼雜物。當我們走到門口準備穿鞋時，傭員來了，她是印度人負責語言溝通聯繫和家中打理的人，不過她也不會英文，似乎只懂得講泰米爾文。這位傭員算是我們與外界的翻譯人員，不然無法跟當地人溝通。記得每次返台都會到大統百貨去採買當時盛為流行的電子辭典。每次要跟當地人溝通都要拿出這台機器，把中文輸入進去然後翻譯成英語，再按「讀音」給他們當地人聽。很遺憾的是，我發現他們都常板著臉，因為他們也聽不懂。並不是美式口音他們聽不懂，而是在金奈比較基層的人只會講泰米爾文，這是他們的民族語言，頂多比較好一點的中產階級才會講一點英文。好比當地的醫生，我去看病的時候用英文溝通基本上是無礙，拿著那台小筆電，基本上發燒、喉嚨痛、咳嗽、流鼻水等症狀都能輸入翻譯到位，也因此電子辭典是我的必備物品，重要性不下於錢包。

「我們要出去採購。」母親對傭員說。

傭員指了指她的耳朵，然後撇嘴，轉了轉右手，就我所知，這種手勢就是在指她聽不懂。母親也只好比了比抓東西的手勢，再指一指錢包來回敬一下。比手畫腳一番之後，兩個系統才對上。

「Chenni !」（泰米爾文指臉的意思）

她用力捏了我和弟弟的臉頰，用五根手指抓一下臉頰，「Chenni」「Chenni」的講，抓完後她會親吻她的五隻手指的指尖。起初我相當反感，甩開這些捏我的人，包括那個傭員。日後有一位指導我功課的印度老家教說這是當地人喜歡的一種表現，因為這位六十歲的老家教也常對我倆做這舉動，依她說這是她們覺得我和弟弟很可愛的意思。不過我從來不敢學這種舉動去抓別人的臉頰。

外頭天氣都是熱的，我活在這裡五年多，從來沒有感覺到天氣冷的時候。金奈的陽光經常照射在社區間那幾棟非常黃的米黃屋子。天空當中常常空曠一片，一朵白雲都看不到，是片巨大又鮮豔的藍色，正好與米黃的土地和屋子形成對比色，相當好看。

據母親說她要出來買點東西的原因是她想下廚做菜，因為僱員原本也負責到當地採買食材並準備飯菜。不過父親似乎吃不慣印度飯菜，因此母親有想做家鄉菜的想法。我在外面總是隨便亂跑的，弟弟就跟在我後面一起奔跑。外面的人都會多看我們一眼，覺得我們很可疑吧，比較不常有外國人出沒在這個社區裡，因此我們的膚色和長相就略顯突兀。不到幾分鐘的時間，一位印度的小童光著腳走向我面前，他口中念念有詞，我便看了弟弟一眼，不知道來意，因此就調頭走了。又過不久，見一群小童從不同地方鑽了出來，大約有十幾位左右，男女身高都不同跟著我們，口中不斷唸著「Sir」「Sir」：

「他們在幹嘛？」弟弟問我。

「我也不知道。」

「要不要問一下他們，好像是在要東西。」

「可是我們也沒東西呀。」

我帶著弟弟，把他們當空氣，一直速速遠離，但這群孩童非常奇怪也很有毅力，我們將近走了二十幾分鐘，這些人可以一路跟隨我們繞來繞去，並且沒有一秒停下來口中的唸詞，像播放器般不斷頌念。快速的，我就回到母親的身邊，這一大群孩童也會跟來，見到母親就更為激動，拉著她的衣服直喊，但換了一種聲音，變成「嘛！」「嘛！」的喊。母親見狀都會給他們一人一點銅板，但以後我們都要快速避開，因為印度人對於聚集人群是很有本事的，給了一點，他們便會記住你，下次再以更多的人海戰術來圍堵，逃也逃不掉。

我們轉了幾個巷子和彎路，那邊的陽光依舊高照，黃綠色的道路上也是滿滿的落葉和瞪著大眼的黑色烏鴉，偶爾會有幾位上身穿著灰藍色襯衫，下身圍著白布料的人，裸露著胸膛，光著腳在騎腳踏車。那黝黑的背，承受著強烈陽光的曝曬，一層濕潤的表面由汗水和體油覆蓋在上。我們走入了熱鬧的區域，有一排大樹和幾個用木材建造的茅草屋，裡面坐了幾位長者，他們周邊有稻草席跟斑剝不均的碎石。長者們裸露著上身，手持木枴杖，看起來是在遮陽聊天。如果用詭秘奇特的形容詞來形容應該毫不為過，我心裡不禁訝異，有一位長者轉過頭來瞥了我一眼，他滿臉白粉，從鼻子到耳朵塗上了白物，留著又長又茂密的灰白鬍鬚，額頭上沾滿一道又粗又長的紅色粉墨貫穿印堂，整個面容白皙詭異露著黑色雙眼，樣子極為驚悚令我感到畏懼。其中有位長者笑起來，嘴中牙齒稀疏，額頭上畫滿 U 形的紅黃條紋，令人想起某種神密主義的宗教感。當我還未來得及詢問母親，回過頭就撞見一位特異的中年大叔走了過來。

大叔光著上半身，有個大肚子和兩條細長的腿，腹部用了幾塊布圍成一個圈子但並未遮住小腿，看起來頗像頭巾圍在腹部的位子一樣。他頭頂裹著極厚的頭巾，單手扶著頭頂上的綠色大竹籃，直挺著脖子，用一種高姿態的眼神往我這邊看。他留著一副非常濃密的鬍鬚，上前問了母親一些我也聽不懂的話語。

這位大叔講了一口流利的泰米爾語，似乎完全不顧及對方是否聽得懂。他滔滔不絕地講，那種泰米爾口音連貫十足的特色，我們不知道他在表達什麼便神情呆滯，但我卻保持相當強的警戒心，尤其是隔壁那位白皙面孔的長者移動了過來。他比了比圓圈的形狀，做出吃的動作，那大叔見狀就從他頭上逆時針地解下頭巾，並把他那大大的竹籃放在我們腳前的地上。只見大叔蹲了下去，掀開一層又一層蓋在籃子上的布料，撥弄著籃中的水果。

裡頭有釋迦、香蕉和蘋果等一些大眾水果，母親見香蕉奇特便跟大叔買了一串。那串香蕉整串紅通通，又粗又大跟台灣的黃香蕉相比確實略有不同。緊接著我望見前面有幾個身穿紅色紗麗（Saree）的女生，那紗麗的絲綢圍在腰部繞過頭頂上從背部飄逸著，只要一起風，長條狀的絲綢便可以飄到其他人臉上完全不會誇張。因為我們或許又重蹈覆轍，買了一個人的東西，其他人便會蜂擁而上，這在金奈已經是個常態。雖然我多處時候都站在後面不用去應付這群上前強迫你買東西的賣家，但頭頂灼熱而身體曝曬在烈焰之下。我發現她們的頭頂上都各自頂著不同形狀的竹籃，有的一個女生頂著兩、三個籃子，有的頂著金屬的器皿，相傳這是他們從古至今傳統勞動交通遺留下來的習慣。而據我尊敬的印度家教所言，印度梵語[11]（Sanskrit）中的「紗麗」是指布條的意思，是一種具有文化指標象徵的服飾（對我們來說的話）。好幾年後當我踏進馬來西亞的國土時，也了解到原來紗麗的服飾文化除了在印度本土外，也在馬來西亞、新加坡、泰國、孟加拉、巴基斯坦等地有相關的穿著。通常女生會穿著緊身的胸衣，並用長長的絲綢等布料圍繞在自己身上，如似襯裙。這種穿搭在西元前古印度河流域（Indus Valley Civilization）便已經產生這樣懸垂布料的穿搭記載。早期在印度西北部（今巴基斯坦）他們是先用棉布後用絲綢在編織這種服飾的。當地的紅茜草（madder red）和薑黃等原料會當作染料顏色去浸染這些服飾，因此紅色系和土色系是最常見的紗麗顏色。

在南印度，據早期的耆那—泰米爾文學（Jain-Tamil Literature）著作《腳鐲記[12]（*Silappadikaram*）》的記述裡，至西元三百年左右，早期南印就有某種以單一長布料，只單裹頭部和下半身，裸露著腰部的穿著方式存在[13]。

這些傳承下來的文化至今在印度，以女性為主要服裝的紗麗穿法就流傳了上百種左右。並且每個區域都有著代表性的紗麗穿法，因此也有一說就是看女性紗麗的穿法大致上可以辨識出她來自哪個地區的說法。

最普遍的是德干高原的中印度：尼維紗麗（Nivi sari），女性會把絲綢往內摺，繞過大腿並紮進腰部讓腿部行動可以比較方便。然而，位於東部的孟加拉紗麗（Bengali sari）經常是一鏡到底的，不去摺它然後逆時針從腰部圍好一圈再順時針繞一圈，繞一繞剩下的絲綢就往左間放（有點類似披肩）。其實這些剩下來沒地方繞的長絲綢還具有滿多功能的，我就曾看過我的印度老師會用這塊段絲綢去圍頭部遮雨遮陽。也有人會拿這塊絲綢蒙著面或摀住口鼻，防止汽車的臭氣，甚至拿來擦汗的女士也非常多。後續就不再贅言，其實還有很多種，有喀拉拉邦、古吉拉特（Gujarati）和斯里蘭卡的康迪亞（Kandyan）風

---

11 Sanskrit，梵語，是印度教、佛教和耆那教典籍中的古老語言。在近代也只用於學術研究和宗教典籍考古方面的使用，鮮少用於普通話。早在梵語進入印度次大陸之前，達羅毗荼語系早已在印度使用，而在約西元前一四〇〇年由雅利安人傳至北印度，故它屬於印歐語系（Indo-European languages），並是印度—雅利安語支和印度—伊朗語族（Indo-Iranic languages）的成員，如古波斯文衍生自印度—伊朗語族，而北印度方言如孟加拉語（Bengali）和旁遮普語（Punjabi）皆衍生自梵語。而印度教典籍《梨俱吠陀》（*Rig veda*）則是最古老的梵語使用之典籍。參考自《印度：南亞文化的霸權》。

12 腳鐲記，是一部最早的耆那—泰米爾史詩，公認由一個筆名叫「Ilango Adigal」在哲羅王朝的耆那教徒所著。有一說是一位耆那教學者所著，因為故事中都會出現關鍵的耆那教和尚。這是一部純南印度的著作，故事分三部，分別都在南印王朝：朱羅、潘地亞和哲羅王朝。關於一對夫妻感情出軌的故事，以及妻子保護丈夫的意志，涉及到共相和內在性的問題。這部史詩成為泰米爾民族主義（Tamil nationalism）的重要性，是一部代表泰米爾文化完整性的證據。

13 Jan Gonda, *The History of Indian Literature*, Wiesbaden: Otto Harrasswitz, 1974.

格等相當複雜。

說完了這些有著飄逸絲綢的女性穿著文化，那些像中年大叔和在遮陽的長者，他們的服裝也是印度男人的服飾，也有一段來歷。男性服飾在我就讀印度學校時便經常讀到，當地人叫它「兜提」（Dhoti），其實就是腰布的意思。為什麼會讀到這個服裝的來歷是因為在廣大的印度史當中，印度獨立運動期間（一八五七至一九四七年），聖雄甘地（Mahatma Gandhi，一八六九至一九四八）開始在遍地推動的印度本土化意識時，他自己本身的打扮就是穿著兜提。在該期間他們提倡宣導編織兜提是一個重要自足自強的象徵。

兜提是種較寬鬆的下半身服裝，通常像甘地和中年頂著籃子賣水果的大叔一樣，會裸露上半身，我在想其中一個原因八成就是因為太炎熱。它只用輕棉織成的布料，以一塊長布圍繞繫在腰圍，裸露著小腿（有些會光著腳）。在印度梵語中「兜提」（dhauti）的意思是潔淨，因此很多時候兜提就跟他的意思一樣，布料大部分是純白的，代表一種正式和隆重。這很容易跟另一件服裝：籠吉（lungi）混淆，籠吉跟兜提的穿法幾乎一樣，只不過籠吉的布料比較七彩繽紛，有時候還織有很多密密麻麻美麗的紋路。兩者之差便顯而易見了，所以說印度當地人喜歡把籠吉當休閒服裝或工作服（因為他們通常是體力勞動者）。甚至這也可以穿著當睡衣，不過卻嚴禁穿去參加法會（puja）。反而純淨潔白為象徵的兜提被視為正式的服裝可以穿去參加印度廟宇的法會。

不管是要穿什麼去參加印度的法會，我想我應該是不敢擅闖當地的廟宇。對於那幾位打扮得相當鬼鬼祟祟的長者，我心中充滿恐懼並用力否定那種特異宗教。那明明是我未曾見過的面孔，以及未曾見過的風景和未曾見過的事物，卻需要我試著在內心裡慢慢化解兩者之間的衝突不適感。

穿越這群衣著紗麗的賣家，下一幕的風景就落在沿途回到住所的途中。那是個賣吃的，並有四、五個人圍在周邊，口中咀嚼著食物。我跟母親和弟弟一同上前一探究竟，見一位老長者正在用他黝黑的右手在炒菜。我心想這樣子做飯手怎麼不會燙到，當我正好奇其中的緣由時，老長者開口對我們喊道：

「要不要來嘗一下？這個非常美味！」

他用那帶點重口音和捲舌的方式講著英文詢問咱們。母親立刻先揮了揮手傳遞拒絕之意，這八成是衛生問題，不過若客觀一想，確實一般人都會對此產生畏懼。然而當地的人卻非常泰若自然地吃著這食物。往後的幾年之中，我變得非常迷戀印度料理，用手扒飯抓餅的超不衛生規範好像都在我往後的日子裡被一一破除。相比之下我的程度都還是比不上這位面前的老長者，竟然可以用炒菜的右手去接紙鈔，甩一甩再下去繼續撥弄鍋裡的料理，令我非常錯愕。

他把生火的器具巧妙地架在腳踏車後墊座附近，安置一個炒飯的鍋子在上面。而這鍋子上面有其他的小鍋子，再上面還有更多小鍋子像疊疊樂一般都不會掉下去。鍋中冒著蒸氣，他先抓了小鍋中的洋蔥、土豆、番茄和一些醬料往大鍋子裡丟，其實並不湯湯水水的，只見他之後又丟了類似傳統米香的東西進去翻炒，那種衛生程度的極限性反倒讓我升起了些興趣，想挑戰一下，我便向母親開了口，但我不敢吃辣，母親便問了他：

「這個會辣嗎？」母親邊問邊做出會辣的手勢。

「辣？不會！」

「確定嗎？」

「這個，這是 Chat Masala[14]！不加就不辣！」

「請給我一份。」

只見他快速把配料往鍋中撥弄翻攪，一手抓起放在報紙上，母親遞給他幾塊印度盧比，我便拿到燙手的報紙，裡頭是剛炒好的食物，香料味撲鼻吃起來酥酥脆脆的，並帶有酸甜的感覺。我也並未感到不適，遍不再大驚小怪：

「這叫什麼？」

---

14 一種小吃用的馬撒拉（masala），通常是粉狀的。馬撒拉是印度料理中最常見的調味料，基本上是綜合的辛辣香料，磨成粉狀但卻不至於像辣椒那麼強烈，而通常包含胡椒、丁香、孜然、肉桂、花椒、豆蔻等材料。

15 「Bhel」意思是「海灘小吃」，相傳發源來自孟買港口與海灘，是個傳統北印度地區的油炸小吃。

「Bhel puri[15]！」

三

二〇〇一年九月十一日，美國雙子塔的世貿中心遇襲。被視為世界金融與發達資本主義的偶像，成了毀滅的象徵，震驚了全世界。我跟母親看著電視並接到台灣報導的消息亦大為驚愕。

二〇〇一年的印度也並非太平，當地正在重建 一月二十六日在古吉拉特邦的大地震（Gujarat Earthquake），這天也正好是印度的國慶日（Poorna Swaraj）。當日的早晨，始料未及，就發生了約八級的強震，頗為驚駭的是這一震便震垮了約有一萬餘棟的建築物並帶走約兩萬多條人命。這兩件國際大事件造成了輿論嘩然，每個人開口閉口無不在討論這兩件災難，可見如此震撼的地步令每個人都怵目驚心。然而，這種政治因素和國際問題也將在我不久的生命經驗裡逐漸發展開來。

不久之後，我們一家搬離了原住所，遷租到金奈基爾堡克（Kilpauk）的另一個地方。那裡是在一個鬧區後面的一處安靜小巷裡，房東太太就住在我們社區的隔壁。這條路名很長，是取自一位教授：蘇布拉曼尼亞（Subramanian）。

搬來這裡的原因我也不太清楚，某天見到父親正跟我們那位僱員在嘶吼，算得上是斥責或吵架。難得看到父親如此生氣，僱員則站在門口不斷對父親咆哮，隨後甩門離去。我們四人一陣肅靜互看著對方，哎，可能也沒想到她如此之兇悍！時間沒過去多久，大約兩個小時左右，一陣吵鬧聲和敲打聲便發生在門外，八成是僱員揪了她朋友回來要理論。她們也是咆哮著一口流利的泰米爾文，卻讓我們完全聽不懂對方在斥責什麼。因此我的兩位家長堅持不開門，母親對我們比了安靜的手勢，似乎在暗示我們都別出聲，好讓外者以為我們出門了來結束這場危機。過不了多久，外頭便靜了下來，人也離去，但這起事件並未因此而結束。隔天，我們從外面的市場採買回到住所，發現我們的家門上被塗滿大大的紅字和符號，這令我們大吃一驚，因為似乎就是僱員用油漆在上面塗寫的，並滴了滿地紅色漆點。父親急忙請人和此樓層通英文的鄰居上前解碼，他們上前一看，得知這塗漆者用泰米爾文和符號寫下印度咒人的字語，詛咒著我們一家老小，頗令大家震驚。我想也因為出於安全起見，我們搬離了那邊，而這件事在我印象中也沒再繼續被追究下去了。

新住所一路向右行駛出去便是基爾堡克著名的伊迦劇院（EGA Theatre），是金奈歷史最悠久的劇院之一。因為地標非常出名，我經常直接報上這劇院的名號而非路名。金奈是個大型的電影製片基地，並且是南印度和斯里蘭卡電影工業的龍頭，發揚整個泰米爾電影的聖地。這影響可大了，除了發揚泰米爾文化之外也在國際上影響著斯里蘭卡、新馬地區、日本、非洲等地，尤其是透過離散泰米爾人（Tamil diaspora）傳播到世界各地。

泰米爾電影在金奈有「科萊屋」（Kollywood）之稱，每年都可生產上百部的泰米爾電影作品。製片廠是在金奈鄰近的科達巴卡姆（Kodambakkam）地區，因此把這區名跟好萊屋結合而成「科萊屋」一詞，算得上是金奈影音文化著名的文化指標。

我們雖然去看過伊迦的影劇，但絕大多數的作品都是由泰米爾文配音，甚至有的字幕也是泰米爾文，令我產生格格不入的感受，因此就快速的放棄看電影這個休閒活動。

從伊迦劇院一旁的路行駛進去，轉入蘇教授之路，會來到一個ㄴ形路口，前面是個沒人住的地方，被圍著，但卻有個大空地。那裡有三隻在此區活動的野狗：黃大、紅狗、小黑，因為當地沒有台灣那種垃圾車，我便經常跟弟弟把剩菜飯拿去那邊餵食。因為是條死巷，所以到了這路口只能左轉，而那條安靜小路正是我的新住處所在。一路走到底是個荒地，那邊會有一個大鐵欄擋著，要過去的話要打開那個鐵欄才能過去。不過最後面的那兩戶都是荒蕪的住所，無人居住雜草叢生，然後鐵欄的另一邊是個沒路的地方，兩邊樹林都是草叢和松樹，相當陰森。平常晚上我們常會吃飽飯一同穿過那個灰燼谷，因為毫無路燈，一片漆黑，我們經常是摸黑走過這地帶的。景象幽暗，兩旁是又高又長的野草，白天可以隱約看見草叢深處有個大池塘，因此我每次穿越灰燼谷[16]

16 灰燼谷是美國作家費茲傑羅（F. Fitzgerald）的著作《大亨小傳（*The Great Gatsby*）》中的一個地區。在西卵和紐約市之間的荒涼地帶，由工業傾倒的灰燼而形成的地區。

時都相當害怕。穿越過這一長段路之後會來到一個商場，而我們都在這邊採買點心和日常用品。

我們住在一個有守衛的小社區，一戶一戶的聚在一起。而這守衛常身穿白色的兜提，拿著白色塑膠椅一人坐在外面。這裡沒有什麼進出口的大門，也沒有守衛室，因此守衛經常一人獨自坐在車庫前看報或打瞌睡。

我們的對面鄰居住著一戶穆斯林人家，這家人神神密密的，在我幾年當中沒曾見過他們幾次面，因為他們經常都待在屋內，鮮少外出。曾經有一次我因為年幼而行徑乖張，但我也忘記是什麼原因受到母親責罰，轟出了家門，一人在家門口嚎啕大哭。我也不顧左右的鄰居，便在家門外放聲大哭。其他鄰居會上前關心，唯獨對面的穆斯林人家似乎毫無所動。那個在外面的守衛平常沒事，每見我在外頭大哭都會偷偷上前關心。各戶家門口都有一個小空間，而那空間的正面是一扇窗戶，所以守衛都要看窗戶那頭的母親有沒有在監視，他見沒人就會笑著跑來找我。

家戶中間有一條小道，那裡種滿了很多植物。守衛每次都會拔一搓金奈常見的紅色龍船草（ixora）遞給我，那株龍船草粉嫩的，未開花之前會尖尖的但都是很細小一株。開花的龍船草很小枝，一枝有四個花瓣，通常一株有十到二十枝聚在一起。

守衛先生每次都會教我拔掉花瓣，裡頭有跟像髮絲一般細的絲，這絲的底端常會有一小滴水珠，守衛會示範拿起那絲上的水珠，吸允上頭的蜜汁再把它扔掉，就這樣我一絲一絲的從龍船草裡拔出那根帶有水珠的絲，吸允著上頭的蜜汁，味道甘甜。

守衛年邁，有時他教了我也會偷偷教我弟弟。他說在印度龍船草有神性，喝它根部的蜜汁可以去除痛苦（印度梵文中的龍船草「ishvara」是「主」

17 濕婆，Lord Shiva，是印度教三大主神之一，掌管著毀滅和重生，是印度教信徒性力派的代表。其有一身青藍色的皮膚，常手持三叉戟並有三隻眼睛。濕婆信徒擴及印度和東南亞，馬來西亞的黑風洞（Batu Cave）景點就是濕婆主神。濕婆的信仰也充分展現了拜物教的特質，其生殖器（林伽）就是一個被供奉的代表。在本書第二手記有詳細關於濕婆神的故事。參考自《印度諸神的世界—印度教圖像學手冊》。

的意思並指稱印度教三大尊神之一的濕婆[17]），這個龍船草（西方曾古稱 Ixora God）其實是亦正亦邪的濕婆神。我在私校學習之後才意外發現濕婆通常有著另一個樣貌著稱，也常被當地人供奉，那就是象徵創造力代表的男性生殖器：林伽（lingam）。在理解這之前，我只要在金奈見到龍船草都會取裡頭的蜜汁，後來覺得頗為古怪，因為既然這株草跟濕婆相關，那如髮絲般的細根若象徵著「林伽」，那吸允上頭的蜜汁就更讓我顯得尷尬，此後我就便對這龍船草產生某種程度上的距離，不再碰它。

///

文初提到的國際與政治的感受性是發生在這期間。自從入境印度之後，我和弟弟整天沈迷於掌上遊戲機，因此父母開始擔心起我們被荒廢的學業。於是我的掌上遊戲機的日子也快速告終，迎接而來的是「國際學校」。起初這間位在金奈市區（今遷移至金奈郊區）一間不大的學校：金奈美國國際學校

AISC，比起當地的印度學校，在教育和安全上皆是相對較為突出的。我快速的就需要接受隔日進場入校的緊急準備。

這間學校有個小型的足球場，不過相比金奈的其他社區，在建築上和環境上都略顯整潔，令我有一種回到台灣的錯覺，所以我對這學校還滿有好感的。奇怪的是，學校在一九九五年建成就已經取名金奈國際學校，而當時的金奈其實還叫做馬德拉斯，一九九六年才更換的名稱，美國就已經在一年多前知曉了金奈更名的事情。這也並不意外，因為學校是透過美印之間簽署的雙邊協議而設置的，當時創校不久，學生數量極少，若按照美國的學制到十二年級，那當時的學生在我印象裡只讀到大約七、八年級左右而已，還並未產生第一批畢業生，源於此他們一直對外廣招金奈當地的外籍學生。

AISC 最大的核心就是主張並落實國際主義，一種美國在二戰之後提倡的外交政策，從放棄孤立主義之後，便利用國際主義（反共產主義聯盟等）的方式把美國文化價值往各地輸入，落實美國學校也是該目的之一。這種國際主義對金奈當地反而形成威脅，不過當地文化深根已久我想也不會有多大的威脅性，這反倒能宣傳泰米爾文化到國際平台上。然而正因為此，當時我身為台灣人也有被校方普遍地尊重，故也欣然接受學校觀念的引導。但是我對國際主義的態度在七年後的泰國國際學校裡產生了重大排斥，尤其是變相的國際主義，那種不斷推銷美國意識形態，利用美國文學和美國價值來貶低其他文化和教育，這種有文化霸權戰略意識的美國教師，我感到相當厭惡。

不過當時在金奈的我，並未產生對校方在教育上的不滿。因為國際主義的關係，這所學校經常愛計算它有幾個國家與國籍的學生，由此來舉辦一年一度的國際日活動。二〇〇二到二〇〇三年左右，當時的國際生好像也才十幾個不等，至今已達 30 餘位。我其實很感激在這邊奠定的英文基礎，因為沒有任何人會講中文，即使有日本人、印尼、韓國、馬來西亞和新加坡等亞洲人口，我也只能統一用英語這個主流語言去和其他人對話，至少在金奈街頭上可以或多或少與人有所溝通。

我之前也提起過，金奈是個印度汽車工業的重地，所以特別多韓國人在金奈。如果在外頭見到的亞裔人士，八九不離十會是韓國人。金奈的汽車配件和車輛零件工業潛能很大，她的經濟成長率又因上億的人口分佈而提高了競爭與生產力。韓國跨國企業，如現代汽車（Hyundai Motors）在一九九六和一九九八年之間便在金奈的西南地區：伊倫加圖庫泰（Irrungattukottai）設廠（這地區也曾是南印古代潘地亞王朝的重要基地）並在千禧年大幅生產。現代汽車也是在千禧年之後成為全球第十一大車行。由此可知，這批韓國人在金奈幾乎都是車輛工業相關的家庭，他們定居於此。

我在美國學校，一班十九人之中就有將近十位以上是韓人，形成他們的「韓國勢力」。一開始我英語不好（跟大多數韓國籍學生一樣）我被分配到ESL[18]加強英文，因此許多課程我都無法參與到，會跟班群比較脫節，因為要分開到教室後面的小房間去上課。這種感覺像是次等學生一樣，每到文學課或社會類型的課程時，我們就會被叫去後面的小房間補強英文，不能與其他學生一起上課。而那些「正常班」的學生像麥克林，一位英國人，以及來自新加坡

18 指 English as a Second Language，即英語作為第二外語的簡稱。

的加百列和紐西蘭的李歐三個人就會像趕狗似的叫我們快點滾去小房間，尤其是討厭的加百列，經常口中念念有詞，用英文在挖苦我們這群人。

ESL 的地盤是「韓國集團」的天下，十幾位韓人，有男有女都在這地盤上上課，外加我一位台灣孤兒。

我們的英文都是不好的。

日本女生土田里約似乎是日本家庭，但其中一位父母應該是出於英語系國家之人，所以這位日本女生英文倒是挺好的，跟新加坡人加百列和印尼的莎琳一樣，是唯一三個亞洲人待在「正常班」的學生，他們便跟其他英語系國家的同學一同上課。

上課經常在椅子上屈膝環抱雙腿的麥克林，個子不高，不過相當為所欲為，是個上課常常把腳放在椅子上和桌子上的人。也許這個環境對他來說並不會產生任何壓力，畢竟他是個英國人，在一個曾被英國統治的國家中，外加英語體制的教育環境，對他來說應該是相當簡單的課題。所以他經常表現出一派輕鬆的態度在面對學校同學，有時候不太理人，可能跟我們講話我們都聽不懂的緣故，因此他跟和藹可親的莎琳、李歐和澳洲的娜圖拉一夥，而我就跟剩下的「韓國集團」等人一夥。我跟麥克林他們那一夥滿不熟的，除了溝通上很難銜接之外，也不曉得什麼原因就覺得他們比韓國等人還有某種距離感。

曾經有一次麥克林發給我一張請柬，我很意外，看他那深邃的眼神應該不是來找碴的。我打開請柬一看，是他的生日，他將在他家舉辦派對（party）。我第一次參加「派對」這種東西，也不知道是不是英國帶來印度的習慣，我在金奈讀書總共參加了大大小小印度同學和鄰居的派對多達十餘場次之多。

他們都很愛辦派對。

我記得在參加完麥克林的派對之後，我開始跟他們一夥人有了多一層了解和互動。反而開始跟「韓國集團」產生了重大嫌隙。

「韓國集團」的人天天都是膩在一起，我很想融入他們的圈子，因為在這個地方只有那些韓國人一口同聲的說：

「台灣！我知道這裡。」

其他的人大都不知道有個地方叫台灣，所以對於韓國同學，在知道我的家鄉存在之下，就有一種莫名的親和感。

不過他們也常把我丟包。

我發現我常一個人在遊樂區玩吊單槓，像蝙蝠俠一樣倒掛在單槓上。每次和「韓國集團」踢足球（他們很愛足球）都格格不入，這問題似乎也不是歸根於我，因為他們之間只會講韓文，所以我根本聽不懂他們在講什麼。然而他們也不願意為了我去講英文，懶吧。反倒是我為了想加入他們一夥人而勤加說英語。後來我覺得我講的英文他們好像也越來越聽不懂了，所以他們照慣地還是在講韓文，他們用母語在互相溝通讓我產生了排擠感。至於他們有沒有要讀好英文，我也不想知道。

有一天班上來了一位韓國同學叫文泰浩，這人更張狂了，連一句英語都聽不懂也看不懂，整天上下都需要有個貼身翻譯來協助他。這人似乎很討厭我，經常在大夥兒的面前要大家不要跟我在一起，他的理由是不需要跟一個聽不懂韓話的人一起混。因此他便漸漸融入「韓國集團」而我開始慢慢獨自一人在旁當起「蝙蝠俠」。足球似乎也玩不成，因為我聽不懂自己隊友在講什麼，每當文泰浩跟我一隊時就要對我大吼大叫的，當然是用韓語，而我也聽無這小子在吼什麼。賽後我們隊常常會輸掉，我也知道是我配合不上，文泰浩就這樣開始對我產生莫名的敵意。

我們平常在班上列隊一同前往其他教室上課時，我們都會在後頭大打出手。他會拿拳頭揍我，我也會用腳踹他回敬對方。就這樣，我們之間的戰火越演越烈。

九月二十一日，原為國際和平日，學校決定在此日舉辦「國際日」(International Day)，一個符合他們國際主義主張的活動。大家的班級裡頭各國的學生都會代表各自的國家或地方文化舉辦一場活動。像「韓國集團」就正準備著他們那群人的韓式習俗文化和食物的試吃。各區的家長都組織成一隊下去統籌。印尼跟日本也都有較多的人數，因此也會有自己獨立一間的展示活動區。

我也有去參加印尼莎琳她們的印尼料理製作活動，以及土田里約的日本書道活動。那應該是我生平第一次接觸書法，她們教著大家寫「日」、「本」

兩個字。我第一次寫書法寫的就是「日本」，而她們日本人也頗以她們的書道為傲，見我這位台灣人不會寫書法其實相當高興，前來欣喜相授。

一天，大家都在籌備國際日活動之際，我的班導卡米妮女士（Ms. Kamini）見我一個人在一旁無所事事的鬼混，急忙拿著一本厚厚的書籍跑來問我。

見她來詢問我關於台灣的旗幟時她有些不解，畢竟台灣當時的國際處境是非常模糊的。她一邊翻著那本厚厚的書籍一邊跟我解釋。我才知道國際日活動的開幕，每個人要代表各自國家或地方上台揮動旗幟，而我被指派上台代表台灣，因為全校只有我一位是來自台灣。在這種國際舞台大肆煽動民族主義的方式令我很不確定。

她翻開一頁關於中華民國的旗幟圖示，裡頭並沒有寫著台灣，她不知道哪個才是正確的旗幟，因為她要委請廠商製旗所以特別趕來詢問我。其實我百感交集，因為連同印度人和英語系學生一樣，連老師也不曉得台灣是什麼東西。那好像是個我嚮往回去的桃花源，不過世人都不知道有這麼一個地方。更讓我訝異的是，不知誰哪裡來的這本書，竟然上面有一八九五年孫文同鄉好友陸皓東所設計的青天白日旗（今中國國民黨黨旗）和一旁的青天白日滿地紅旗兩個。我便指了指哪個才是正確的旗幟她便匆忙地離開了。

後來母親也知道了國際日的事情。而我們代表台灣的活動很簡單，就是由母親親手做的「炸芋頭」點心帶給班上嚐嚐。雖然芋頭（taro colocasia）經常是一種台灣普遍代表性的小吃。不過芋頭算是最古老的栽培作物的一種，而且最早也可溯源自印度。印度當地也有相當多的芋頭小吃（taro treat），但班上的人包含兩位老師在內都不知道芋頭是什麼。

這也是因為台灣跟芋頭的淵源頗深，芋頭主要來自波里尼西亞（polynesia）以及大洋洲南島族群相連的傳統用食。雖然明朝時期《本草綱目》有記載芋頭是個根莖葉都能料理其用的食物和藥物，但是在南島族群體系的排灣族傳統中便已有山芋、山芋乾[19]跟用石板砌成搭做芋頭窯等相關傳統烘烤的方式。早期的山芋在傳統原住民中是跟山豬肉有著相似的重要性。而在台灣本土也有用芋頭做成的蛋糕和芋頭酥，以及芋頭麵包等小吃，也算是一個南島族群下的糧食食材和作物代表了。

班上有人喜歡芋頭的味道有的人不喜歡，我也不喜歡芋頭的味道所以我只吃了一塊就不敢再吃了，平常在家吃到芋頭的味道我可能會吐出來。

國際日之後班上的人包括老師在內開始對台灣有了些好奇，但除了韓人之外很顯然地我可以感覺到他們只是把我當作一個來自亞洲奇怪地方的小鬼罷了。

班上「韓國集團」裡頭有個成員笑咪咪的叫做泰煥（Taewan），英文發音跟「台灣」很相似，所以班上便開始拿台灣來開玩笑。而新加坡人加百列本來就是個自視甚高之人，也不曉得他哪根筋不對，他特別討厭台灣人，每次在遊樂區見到我這怪人在單槓上吊著，就拿起沙子往我臉上丟，我便會毫不客氣地跟他大打一架。

「韓國集團」勢力很大，是個很有組織的一群人。我沒講到的可多著，除了本班之外還有他們嫡系組織的學長姐班級，也讓我非常欽羨。本班集團的老大是李賢俊，個子不高但聲線沙啞，很有大哥的風格，也是裡面英文和成績最好的一位。他們之中會互相幫忙，除了在班務方面，在功課上也是互相抄襲，他們互相作弊，有一群人在罩著。楊元俊和個頭很大的女生李多惠是副手，專門聯繫學長姐的外務派，而文泰浩是裡頭最爛的，成天仗勢欺人，成績也是一塌糊塗。他常仗著他英文什麼也不懂，討得國際主義的盲點和我們老師對學生不會英文的憐憫，彷彿有著不懂英文的特權一般。他們之中有位個子高大，個性靦腆的柳燦宇，這人跟我比較熟識，因為我們的座位安排在一起，我也經常和他一同參與班上的課程分組討論。我把他當朋友但他效忠的還是集團，因為他和我的英文都不算太好（他比我差一點點），所以我們之間的溝通也常斷斷續續的，不是互相聽不懂在講啥，要麼我要找李賢俊幫我翻譯給他聽。

一日，奇怪的事情發生了，大家每次進到教室上課規定都要脫鞋進去，這是規定，但卻發生鞋子不見的事件。每次大家要出門（換教室上課）在穿鞋

19　山芋乾，排灣族通常在春天栽種並在秋天收成，在年末時候開始炊煙搭建芋頭窯，花費人力大約也需要兩到三天的時間把山芋烤乾並存放起來。

之時就會有人的鞋子消失不見，然後被發現時就放在一旁廁所的馬桶裡。

我們的班導卡米妮女士和副班導賈耶女士（Ms. Jaya）為此鎮重地向全班警告，望惡作劇的人盡快出來自首，使得整班緊張氣氛日漸提高。

不過，一直都沒人出來自首也找不到誰在惡作劇（那時裝監視器尚未流行）。

又過了一日，換娜圖拉的鞋子被發現在馬桶裡，隔天，柳燦宇的涼鞋被發現在馬桶上，又一天麥克林的鞋子被發現在廁所門後面，我心想哪一天才輪到我的鞋子被藏呢？果不出我所料，今天換我的鞋子不見了，其實我一點也不在乎，我也懶得如那群女生一般哭啼著，我自己走到廁所打開門，四處看了一下，發現我的鞋子在廁所的垃圾桶裡，隨性的我就撿起來繼續穿它，當什麼事也沒發生就去另一個教室上課。

不管怎麼說這起惡作劇導致班上局面越來越緊張。

美國學校裡有個游泳池，所以這幾天我們的運動課都在這邊游泳。我最喜歡泳游，因為這個運動不必跟別人有什麼太多的互動，頂多是游個接力賽，但也是個人單獨來回在競賽，不用像足球、籃球或排球的球類運動那樣需要很高的互動性和團隊意識，我想我應該是班上最沒團隊意識和缺乏團體榮譽的人，這樣一來也少跟他們因一些代溝而打架。

這天下課我們準備要換洗回食堂用餐繼續下一堂班導的課。因為男生的換洗間只有一排三間，對面是一面鏡子跟洗手台，空間不多所以每次都要排很久。所以我常在老師還沒公佈下課之前就偷溜進去換洗室第一個先洗完澡，到對面的四人戶外陽傘桌椅上坐著遮陽。

這日我還未坐下，文泰浩一手就抽走我的椅子使我摔了一跤，他還沒換洗就想先搶陽傘區的位置。「韓國集團」都已經進去換洗，麥克林他們那群也跟隨排隊在後。我站起身子轉身就往他頭頂上重重地捶下去，再一拳打向他的左臉頰。他立刻揮甩他的游泳袋往我左手軸上還擊，袋中那硬硬的水壺打痛我的手，我倆各自停頓了一下。我心想他這白痴不想換洗，等等就當最後一個在那邊洗澡，耗掉他的午餐時間，反正我已經換洗完畢就決定跟他耗下去在一旁跟他打鬥起來。

果真，他發現遠處「韓國集團」的大夥們都已經換洗完畢從換洗室走出來了，他快速把我推開，奔跑進換洗間，而且游泳池區是不能奔跑的他都不知道，我則慢慢走回陽傘區搶回我的座位。

只見文泰浩要搶加百列那間的換洗間而被制止，麥克林他們幾個是先到的，而且做為國際學校的規矩和禮儀來說是應該要照排隊順序的。我還沒走到陽傘區就聽到加百列在嘶吼：

「滾開！這臭婊子，我先來這裡的！」

「什麼事？」麥克林跟李歐在裡頭換洗到一半從換洗間裡往外斥問。

「文泰浩搶我的換洗間！」加百列怒火大叫。

我上前一看，文泰浩已經竄進那間屋內準備關起門來。

「照順序！順序！」加百列嘶吼著。

太可笑，文泰浩才聽不懂什麼英文。果不其然，他硬是用蠻力把門關上，夾傷了加百列的四根手指，加百列急忙把手從門縫中抽出來，整個卯了起來往門上沈重地打上去，在拼命撞擊之下，唉，男生嘛，就是如此暴力，門都快被他撞壞了。文泰浩也不甘示弱一邊吼叫一邊回捶那扇門，那門真可憐，雙方都在撞著那扇門，聽得出來他很不爽，但我不曉得他有什麼理由不爽。只見加百列越來越暴躁，他體型壯碩便裝了一大桶水，提到外面一旁的草地，挖了一團又一團的泥土放在水桶裡，一回來就把泥巴水往門上潑下去。泰浩受不了開了門就要往加百列身上打。這時老大李賢俊隨金泰煥、楊元俊和柳燦宇急忙進來，見加百列跟泰浩已打成一團，上前急忙阻止，而我在一旁誰也不太想幫，因為兩個人我都滿討厭的。他們老大揮手要我快來幫忙，我才緩慢上前加入戰局。加百列力道很大，抓著文泰浩的手臂死要拉他到外頭，又胖又壯的很難扯開他。這時機靈的金泰煥拉下加百列的泳褲，他才鬆手回防。不過他不甘心，拿起在洗手台下換洗間大家的鞋子就往文泰浩全身上下狂丟，因為泰浩還是不學乖，想要作勢關門換洗搶他的換洗間。老大開始用韓文跟文泰浩講理，不過加百列怒火未熄，還不斷拿自己的和麥克林他們的鞋子往我們這邊砸，我跟楊、金三人急忙把這些丟來的鞋子接下撿上，不要給加百列。於是，我們跑了出去。楊、金兩人比較溫和，就把鞋子丟在一旁的草地上。我就沒那麼客氣了，我手上抱著加百列那雙巨大的灰鞋，一抛就往幾公尺遠的草叢裡扔出去，就回到陽傘區休息去了。

麥克林和李歐等人見狀，換洗完畢後出來查看怎麼回事。加百列後來就放棄了，進去麥克林那間換洗。見文泰浩洗完跟「韓國集團」會合，他吵鬧著，我想八成在相互抱怨，而我就看到那滿口碎念的加百列光著腳跑出來往草地上走，嚷著他的鞋子。我就尾隨「韓國集團」回教室上課了。

這件事殊不知被加百列告上兩位班導，當我們在食堂用完午餐回教室時，卡米妮女士把我和泰浩擋在教室門外。我一陣頭皮發麻，心想又出什麼事了，當大家都進去教室之後賈耶女士帶班上課，卡米妮女士找了老大賢俊一同出來，關上門先向泰浩訓斥了一頓。因為他完全聽不懂英文，他老大就在一旁用韓文翻譯。我也需要一位翻譯的，但校內說中文的只有我一人，我算是聽得懂英文但只能做簡單的是非答覆。而說著一口流利英文的加百列佔盡了優勢，把此事嚴重化讓我成了班上的「藏鞋者」，因為他改口講成是我藏匿他和班上其他人的鞋子，讓兩碼事情化而為一。

我百口莫辯，我也很想說加百列在事發之前很不理性地拿裝滿泥巴的水潑倒在換洗間裡，還拿大家的鞋子在換洗間丟來丟去等事，不過要用英文去組織這種複雜的表述能對我而言實在是太難了，我只能以否定老師的指控來回應，但我也知道這無法說服那些實證至上的唯理主義美國人。

最令人無語的是李賢俊一手指著我，說明是我亂丟換洗間大家的鞋子，講的一副不干「韓國集團」的事一樣，不過這些就算了，加百列把這事一口咬定我是藏鞋，這事情就可大條了。

「鞋子」是個敏感議題。

現在老師跟全班似乎都認為我就是平常藏鞋惡作劇的人。文泰浩被訓斥完之後擺出一副我就是聽不懂英文的姿態，很容易取得美國人的憐憫，所以要麼英文就非常好，要麼就完全不要懂英文，讓語言的距離一步一步模糊化對談的焦點。其實我也提不起勁，對這起事件就想作罷。李賢俊又沒看到楊、金二人把鞋子拿出去，楊、金二人根本不知道嚴重性也更不會進來攪局。站在加百列的立場，丟跟藏在一線之間，他當然選擇嚴重的那一邊去表述。所以文泰浩就被放進教室一同上課，而我被禁足了（suspended），就這樣被帶到一間教室全天關禁於此。

我在班上的處境相當危險，基本上我因為「鞋子」的事件越來越孤立，就連在我旁邊的柳燦宇也逐漸與我疏離。

很妙也很狡猾的，藏鞋事件也在老師跟班上說明我的緣由之後就沒再發生了，害我永無翻身的餘地。班上對我投注的異樣眼光我倒是已經習以為常了，因為從踏上這塊土地之後，我就已經被投注了很多異樣眼光。或許我不是那種愛跟人打成一片的，加上獨立完成事情並不困擾著我，所以這種孤立性我也並未特別在意。不過我跟文泰浩的敵意並沒有因為「鞋子」而消失，這個人跟我如世仇般我們老愛互相欺負對方，但我也清楚若跟他的衝突不降反升的話，對我跟「韓國集團」之間的關係只會越趨不利。可是又不能讓文泰浩得寸進尺，老在一旁捉弄影響我學習，我開始全心地要把此事解決掉。

從伊加劇院（EGA Theatre）轉進蘇教授的路上有一處空地，一晚我把剩菜飯拿到那兒給黃大、紅狗和小黑。我把食物裝在雙層的塑膠袋裡放在地上，撥開開口後，三隻狗就搖著尾巴直奔而來。黃大最兇惡了，每次都會獨佔食物，並且兇吼一旁的小黑跟紅狗，還不惜咬傷他們。我心頭納悶，小黑跟紅狗都不想反抗，就乖乖地抬頭默默看著我，好像要我主持公道一般。我一時半會兒就會感到相當生氣，搶走黃大的食物，把塑膠袋分裝，並留比較少的那份給他，多的部分給小黑和紅狗。我便站在一旁看著他們吃著袋中的食物，我們會因為這種事而生氣也會因生氣而想主持公道，我們所做出的行動和處分其實多半取決於什麼其實我也不太清楚。

其實就是毫無什麼道理可言，但確實在那日之後我做了比較反常的舉動。一天，文泰浩同往常一樣在戶外的運動課上來捉弄我，我便跟他在靠圍牆那邊打架。我們也常走在樓梯間隊伍的後方，互推對方期盼他摔下樓梯。這天我們越打越兇，到一個坎點之後泰浩非常地不爽，毫不客氣地快速從我後方抓起我的頭作勢要往石砌牆上撞。我也不曉得什麼原因，就放棄了所有的防衛，像個稻草人似的讓他往牆上撞。他似乎未接到我的回防力量而感到不安，使命地踩了煞車，我的臉正面撞上牆上，不過因為他遞減了力道所幸當下我並無大礙，只是頭暈腦脹地搖晃了幾下而已。他停頓了幾秒，或許困惑未解，我站穩腳步又重拾了出擊的決心，回身就把拳頭打在他頭上。他大力甩開，手一揮就作勢不想打的樣子。我倆無法對話，但他透著不解的眼神，不明白我剛才怎麼處於空洞狀態，以防有詐他便放棄跟我繼續打鬥，跑回去上課了。

他的直覺是對的，果然有詐，但話也不能這麼說。當下我是並無大礙，可卻在我返家之後隔一天起床，母親睜大了眼睛問我的額頭怎麼了？只見我前額到印堂間有一道非常深紅的瘀血痕線，似乎是撞後瘀青，這事情就大條了。

翌日一早母親便帶我到校直奔班導的教室，但班導尚未到校，只有那印尼的賈耶女士在那。賈耶本來就因「鞋子」的事對我不太信任，外加母親英文不佳，賈耶根本不太想理會我們。她邊低頭處理她的班務邊聆聽我們的破英文與對文泰浩的指控，但她還不忘回問我一句：

「為什麼當時你不告知運動老師呢？」

或許出於很懷疑吧，我心想今天早晨才發現這個痕跡如何在昨日處理，我才知道她不是沒聽懂就是沒心想聽懂。爾後卡米妮女士進教室了，見到母親便上前詢問，因涉及家長，儘管她們對我有諸多不滿，還是以非常慎重的方式處理。

當天下午，在母親回去之後，卡米妮女士在全班面前把我跟文泰浩叫到教室前面，我跟他面對全班站著。這慎重程度遠超藏鞋事件。我臉上的痕跡依舊還在，泰浩一臉不知情的樣子站在我右手邊，卡米妮一手指著我的瘀青處詢問大家，眾人皆知我和泰浩有如世仇般因此都不敢涉獵我們之間的事情。卡米妮把我的指控表述了一遍，由老大賢俊全部翻譯給在右手邊的泰浩。泰浩聽完之後否認他有撞我的頭到牆上，但證據確鑿他自己也清楚事情大條了。然而這時他哭了，班上一陣肅靜，他啜泣著用韓文大聲地講了一串我們都聽不懂的話，我們都靜待李賢俊的英譯，但賢俊卻只短短的說了：

「女士，他說他真的沒做。」

或許因為「韓國集團」認為泰浩受欺負了，便開始改口。這時元俊跟泰煥都起身向老師說他沒做。卡米妮有些動搖了，不過她的實證主義精神使她必須向泰浩提出質疑：

「被打得又不是你，哭的人應該是他，你在哭什麼？」

這話兒雖然出於唯理之意，不過聽在對面那群韓國人的耳裡，只會助長他們的民族意識感情，他們會更加地維護泰浩，理所當然他們的泰浩是不容被外人欺負的，即便是美國人亦是如此。

就這樣此事也是不了了之，我跟泰浩雖然無法溝通不過我們彼此了解對方。或許，他出手的當下已經同樣採取了停手的途徑，牆是撞了，但他八成以為我是不想打架才放棄防衛的，卻不料後面我會做到這個地步。他停了三分，我卻反倒做了七分。

爾後我跟「韓國集團」的關係更加對立。有一天，我們這班準備要上台表演一部戲劇，正在做彩排。一個人要背著另一個人，像騎馬打仗似的。柳燦宇背著我在彩排，我們正玩得開心，當彩排一結束他狠狠地把雙手一攤，我從他背上直摔下來，撞到我脊椎一時無法起身，這痛到我難掩表情便在原地哭了起來，大夥兒就開始為觀起來。

或許是一個報復，因為這件事母親又再次出現在學校。藏鞋者還未找著，我就從沒有再回去這間學校上課了。

第二手記

一

阿克巴（一五四二至一六〇五年）是印度史上最偉大的皇帝之一，一個無所畏懼的戰士，他是一個非常聰明和有遠見的皇帝。他尊重所有的宗教，並樂於和這群宗教人士討論哲理。如果說阿克巴這位皇帝有什麼瑕疵的話，那不過就是有一點淡淡的虛榮心罷了。

一天聽完《羅摩衍那[1]》(*Ramayana*) 的討論之後，皇帝就宣布他是「主羅摩[2]」(Lord Rama) 的轉世。這讓諸眾的印度教專家們嚇壞了。阿克巴雖然是一位偉大的皇帝，但一個凡人，或一個穆斯林，怎麼可能成為羅摩的轉世，這怎麼可能呢？皇帝必須溫和而堅定地安置在他的皇位上，而不是張揚到處宣示自己是羅摩的轉世。問題是有誰能勸戒這位皇帝呢？

比巴兒[3] 是一位年輕的印度婆羅門士。他並不富裕，但他的智慧非常敏銳。他聽說了專家們的困境便對他們懇求道：

「明天帶我去皇帝那兒」

「也許我有辦法可以說服阿克巴大帝他不是羅摩。」

專家們對這個年輕人的能力嗤之以鼻，但比巴兒繼續懇求他們，直到他們同意為止。

「這個小伙子是誰？」

---

1 羅摩衍那，為印度兩大史詩之一，約有兩萬頌，屬於吠陀時代宗教類型的作品，主要收集自吟遊詩人讚頌一些偉大戰功和其故事。而此部史詩設定是在吠陀時期印度恆河中下游阿逾陀（Ayodhya）王國，國王承諾要放逐羅摩（Rama）到森林裡修煉，導致羅摩之妻希塔（Sita）在森林裡被楞卡國王（Lanka，古斯里蘭卡）羅波那（Ravana）劫走而展開一系列的救妻之戰，但確切劇情在印度尚有諸多版本。

2 羅摩，出於史詩《羅摩衍那》中具有英雄色彩的神話人物，後在印度教裡神格化，屬於印度教中的毗濕奴派（Vaishnavism）。羅摩出身貴族，是阿逾陀國王的兒子，也是印度列國時代中十六列強之一的拘薩羅國的統治者。一說他是主神毗濕奴的第八化身，並且在《羅摩衍那》當中毗濕奴都在關鍵時刻幫助他打敗羅波那。羅摩是印度最推崇的統治者，而且被尊為神祇供奉，並有其相關節日。

3 比巴兒，Birbal，原名瑪黑．達斯（Mahesh Das，一五二八至一五八六年），為阿克巴大帝的蒙兀兒帝國（一五二六至一八五七年）穆斯林以外的印度籍之軍隊將帥之一。並且是阿克巴欽點之人，擁有極高的智慧如同三國演義中蜀國丞相諸葛亮一般的形象，其多智之言廣為民間流傳。是阿克巴朝中「稀奇九鑽」（Navaratnas）的人物之一，而且他是少數信仰由阿克巴自行創教的宗教：丁伊拉賀教（Din-i Ilahi），比巴兒卻在一場戰役中戰死沙場。

第二天，比巴兒在杜爾巴大廳向皇帝提供了小點心，皇帝向專家們提問：

「他是誰？怎麼會在你們這些博學多才的人身邊？而且下巴連一根頭髮都沒長？」

「如果陛下是通過下巴上的毛髮來判斷一個人的智慧，那我馬上可以找個比我們所有人都更聰明的人出來」比巴兒答道。阿克巴相當不滿，要他即刻去找給他看。

爾後比巴兒離開了杜爾巴大廳，幾分鐘後又出現了，只見他牽著一頭留著長鬍子的山羊。印度教專家們焦急地看著阿克巴大帝，生怕他會動怒。他們心想皇帝會因為比巴兒的無禮而生氣。

但阿克巴卻笑了：

「你這小個子，你是個小男孩但你的智慧倒很敏銳。」

「如果陛下喜歡大個子，那我可以帶一頭駱駝或一頭大象。」

專家們都倒吸一口氣，這次比巴兒肯定太超過了，可皇帝卻是哈哈大笑起來。

「小心點，我的孩子，你那尖利的唇舌會讓你惹上麻煩。」

阿克巴指著一個裝滿水的大水缸和剛剛比巴兒一同帶進來的一堆石頭向他問道：

「你剛才帶這些是什麼？」

比巴兒不慌不忙地走近阿克巴的位子：

「陛下，我虛心求您幫個忙。陛下幫我把這些石頭扔進大水缸裡，讓它們層層交疊著在另一個上面，可以嗎？」

皇帝尖銳地看著這位年輕人然後他從他手裡接過石頭，試著把石頭一個接一個地扔進水缸裡。兩塊石頭沒辦法一粒一粒地落在另一塊石頭上，而其餘的石頭就落在了水缸的不同地方。這下可讓皇帝有些失顏面了。

「這比它表面看起來的更難啊」阿克巴評論道。

「陛下，可是主羅摩以這種方式建造了一座橫跨海洋的橋樑，從印度到楞伽（斯里蘭卡古稱 Lanka）。」

「好哇！所以你是在試圖證明羅摩比你的皇帝更偉大！」阿克巴語帶惱怒和欽佩。

他轉向權威人士和專家們道：

「這個小伙子比你們所有人都更能幹！」

「把他留在我們身邊。朕會讓他成為一名朝臣。朕喜歡有聰明才智的人陪伴。」

「年輕的朋友，你有什麼話要說？」

比巴兒簡直不敢相信自己如此好運，他深深地鞠了一躬說道：

「陛下，我會全心全意地為您服務。」

這就是著名的比巴兒第一次見到阿克巴大帝的方式。

＊以上故事是阿克巴與比巴兒具諸多版本的民間故事之一。

阿克巴與比巴兒之間的趣事是印度著名流傳的民間故事。

我跟父母親和介紹員走在金奈當地的安達爾夫人私校（Lady Andal）的中學教室走廊間，從窗外聆聽和觀摩著教室內女士（Mam，在印度指老師）為學子們說這則故事的情形。

教室內沒有電扇所以相當悶熱，不過東西兩邊有大大的窗戶，於是學校的介紹員往前帶我們向下一間教室觀看。

「印度次大陸是個往東南亞地區傳布的主要途徑。」

「給我點答案？」

「女士，印度教跟文字。」

「對，古早南印度具有地中海型的泰米爾王朝，因此泰米爾文學、文法、占星術和神話故事等等皆會由貿易跟戰爭的方式傳布到東南亞。哈奴曼4（Hanuman）就是一個例子。」

這間似乎教著地理課的樣子，只見女士穿著土紅色的紗麗，手握課本在

圖為哈奴曼形象。圖授權 /Manju mandavya

黑板上邊寫字邊講課：

「你們剛才聽的故事，阿克巴與比巴兒。阿克巴大帝是蒙兀兒帝國的第三個皇帝，在他的統治之下蒙兀兒帝國前所未有的強盛。他的行政系統是中央集權，而且他非常注重宗教寬容政策。」

「女士，阿克巴算是個外來的穆斯林王國，如何統治得了分歧的印度？」

女士回答說阿克巴很有系統地採用政治婚姻的手段，除了宗教多元的寬容之外，他還把征服過的國家與其他統治者聯姻來維持國內穩定。在多元性的文化下，這位皇帝本人更贊助文化藝術，因為皇帝酷愛文學，尤其是像比巴兒這種才學敏智的人。他還創建多國語文的圖書館，叫法泰赫普爾．西克里

4 哈奴曼，是印度著名經典《羅摩衍那》裡頭的神猴角色。羅摩因為放逐在森林裡修行，妻子非常美貌，在森林中被楞伽王（指斯里蘭卡）十頭羅剎王拐走。羅摩啟程前往楞伽去解救妻子，在途中羅摩曾經幫助了猴王，因此猴王為了答謝羅摩便指派了一名大將，即神猴哈奴曼。哈奴曼驍勇善戰，毫無畏懼十頭羅剎王，曾經在戰爭中因為羅摩的下屬受重傷，他隨即前往尋找解藥，他直接搬起一座山（一說是喜馬拉亞山），那座山上有印度神藥 Sanjeevani 在上，因此他的形象便以手持狼牙棒和抬著山的形象受後人景仰。

圖為法泰赫普爾西克里（Fatehpur Sikri）。圖授權 /Waupee

（Fatehpur Sikri）。而且有很多學者在這邊做翻譯，甚至抄寫研究梵語、烏爾嘟文（Urdu）、波斯文和拉丁文等。這樣子很大程度的發展了中亞、南亞和東南亞的文史交流。

其實我滿喜歡歷史課的，我聽到女士用英國腔的英語在講述歷史，上面的故事我每每都會幻想當時印度的國王是怎麼騎著大象在沙地上戰鬥的畫面。下面的學生都非常認真，雙眼瞪著大大的看著女士，我便在一旁教室外駐足頗久聽來聽去他們在上什麼東西。爾後，父親從後面過來說到他看到有些人在偷偷考試作弊的事，我們笑了笑便繼續往前參觀這所校園去了。

美國學校是離開了，父親在金奈這個地區為公司處理商務。一天，雙親坦承美國學校的學費實在太貴，家庭負擔不了高昂的費用並詢問我和弟弟是否願意就讀當地的學校。雖然可能會更辛苦，畢竟我們的英文程度並非精通，我倆瑣碎的也答應了。何況美國學校要在更遠的郊區建蓋新校園，交通上起碼都得要兩個小時的車程，家裡的意願就更堅定要轉校。隨後父母便在附近一條哈林頓路（Harrington Rd.）上找到了安達爾夫人私校。

弟弟則沒那麼幸運，他的班級在安達爾夫人私校並沒有開缺，因此校方只讓我入學插班，而弟弟就改到哈林頓路對面巷子裡的一間雪午德廳（Sherwood Hall）就讀。兩人從此分校上學。

安達爾夫人是一間由安達拉瑪女士（Lady Andalamma）和其丈夫設立的學校，具體上是個在金奈女權意識很突出的學校，爾後變成了男女合校。

在講述學校之前，每次我們都會搭車或阿豆，從伊加劇院出去，上古魯斯瓦醫生橋5（Dr. Guruswamy Bridge）跨過大大的切佩特湖（Chetpet Lake）。路途上可熱鬧著，會經過四間印度教廟宇和一間清真寺。每次都見到這幾間廟在唱誦和舉辦節慶等相關活動。

在橋下的轉彎口有間卡魯卡塔阿曼小神廟（Karukathamman Temple）和象頭神廟（Vinayagar Temple）。卡魯卡塔有個相對於比較大的室內空間跟池塘，裡頭信奉著一尊母系的神祇。如若以泰米爾文拆解的話，「卡魯（Karu）」指的是胚胎，而「卡塔（katha）」指守護者，而「阿曼（amman）」指的是母親，所以合起來就是卡魯，卡塔，阿曼，這尊神就是一尊保護懷孕女子的守護神。

這尊神據民間所傳，經常會帶來奇蹟，這個奇蹟大多是孩子。廟內懸掛著很多張濕婆跟其配偶帕瓦蒂（Goddess Parvati，又稱雪山女神）的神像。這原因可能是因為卡魯卡塔跟傳說中的黑天女卡莉神[6]（Goddess Kali）有些淵源，然而間接的黑天女卡莉也算是雪山女神的化身之一。

據說有一位不孕的婦人天天向黑天女卡莉祈求並供奉女神，她自知不孕但卻一直祈求一個孩子，然而奇蹟便發生，她就因此如願獲得了一個漂亮的女兒。又一民間傳說關於幾位因多次流產而導致身子不孕的婦女，她們一同前往

5 古魯斯瓦醫生橋，是一條連接金奈的基爾堡克（Kilpauk）和切佩特（Chetpet）的橋。由第一位被任命為馬德拉斯醫學院治療學教授的古魯斯瓦醫生（Dr. M. R. Guruswamy Mudaliar，一八八〇至一九五八年）命名。他是位著名的外科醫生，曾治療與幫助過許多政治領袖、戰士和名人包刮印度著名聖哲 Ramana Maharishi 和印度 DMK 自尊運動的社會活動家 Periyar。

6 黑天女卡莉，又譯迦梨，字面意思就是指黑色。是一尊帶有凶惡面相的女神，通常與祭祀、火葬、兇暴和血腥相關。曾經天神為了抵抗阿修羅王，雪山女神派出她的分身，即黑天女卡莉，卡莉生吞了阿修羅王之後凶殘不止，濕婆只好躺在其腳下任她不斷踩踏用以分擔天神的痛苦。參考自《印度諸神的世界》。

圖為筆者攝於金奈卡魯卡塔阿曼小神廟內部。筆者提供

向卡魯卡塔之神祈求，並在聖池中浸泡一些衣物，爾後也奇蹟似的懷孕並獲得了孩子，當地人相信此乃該神對她們的祝福。因故，非常多的女信徒會到這邊聚集在此廟供奉參拜。

而另一間就是常在印度大街小巷都敬愛而供奉的象頭神：伽涅莎（Ganesha），在日本佛教又稱「毘那夜迦」（Vinayagar），是智慧和解除障礙的守護神。

濕婆、雪山女神和象頭神之間有著非常重要的一段故事，是印度教最具影響力的神話。它們是吠陀7（*Veda*）時代的故事和獻祭的信仰皆深刻影響著印

7 吠陀，指大約西元前兩千年左右，以最早的雅利安部族發展的文獻《梨俱吠陀》開始，從原旁遮普擴散到西部、中部和東部印度推進。這部文獻記載當時部族的傳統信仰，包括眾神的頌讚、祭司唱誦、獻祭操作、符咒、神秘哲學、火壇儀規、祭品等。這些儀規也擴及到家族、家庭和基本的高低階級法禮，種姓和階級思想也是從此發源。晚期吠陀時代來到《森林書》（*Aranyaka*）和《奧義書》（*Upanisad*）的文化記載，這時期大約西元前八百年左右，而獻祭儀規非常繁雜，導致如晚期這兩部經典開始記載以出世（或棄世）的方法，到森林中沉思來替代祭祀禮儀，更大量的用神秘哲學取代一些傳統吠陀觀念。爾後，如反對吠陀婆羅門教的佛教、耆那教相繼在此時出現。參考自《印度諸神的世界》。

度文化。除了象神節（Ganesh Chaturthi）在印度及東南亞廣為慶祝外，濕婆的座騎大白牛難丁（Nandi）也影響著印度普遍對「尊牛為聖」做為文化宗教信仰。

在《往世書》(*Puranas*)時代中講述了有關濕婆神（Shiva）原配的故事。濕婆神的原配是薩提（Sati），他們之間互相恩愛並結為夫妻。不過薩提的父親達克夏神（Daksha）反對他們之間的婚事，其中的原因可能落在毀滅之神濕婆的性格過於暴躁和孤僻，諸神都對祂敬而遠之。

然而被印度教尊為儀式之神的達克夏，有著掌管儀式技巧的能力，在古老的《梨俱吠陀》文本和《往世書》中有著他主持的重要火祭[8]儀式（yagna），是當時眾神和諸眾都會來參加的祭典獻祭。

一天，達克夏設置舉行一場神聖的火祭，不過卻故意拒絕和不發送邀請給他厭惡的濕婆。濕婆得知此事了之後也不為所動，但他說服薩提也不要去參加任何她父親舉辦的儀式，以表抗議。這孝順的薩提除了跟父親有親情之外，還有強大的社交禮儀壓力（傳統習俗觀念），使她還是不顧濕婆的勸導隻身前往祭典，給父親一個面子。達克夏見到女兒前來，便當眾人的面百般侮辱她的丈夫濕婆神，並嘲笑刁難她。因為達克夏女兒眾多，他似乎不疼愛這位女兒才如此狠心。被侮辱的薩提受不了父親如此般的對待，跳進了聖火中便當眾自焚了，此事驚動了天界。

濕婆聽聞噩耗，暴跳如雷，傷痛欲絕，怒火直指達克夏。他氣得用自己的髮串不斷打擊地面，在憤怒打擊下，一位神祇：毘拉巴德拉（Virabhadra）便從此創造了出來，直奔達克夏。這怒氣之神搗毀祭典並砍下達克下的腦袋。然而印度教世界有某種三權分立的樣貌（梵天、濕婆、毗濕奴），另一位位高權重，相較和平的溫和派主神毗濕奴（Vishnu）急忙出面調停這場亂子。在穩定濕婆神發狂的脾氣後全力安撫傷痛欲絕的祂，毗濕奴把半燒焦的薩提屍體分解成五十一塊（一說是一百零八塊）分散到世界各處，這各處成為了神聖的場所（Shakti Peethas）讓濕婆能在世界各處都能有薩提的存在。

---

8 火祭，早期雅利安人影響著印度河文明，這群人信奉的是類似早期伊朗和類似古波斯查拉圖斯特拉教（Zoroastranianism，又稱祆教、拜火教）以聖火為獻祭的宗教。

濕婆爾後心情較為穩定，為了挽救達克夏神的性命，便把一頭在外找的公羊的頭砍下並安插上達克夏的身體使他復活。所以達克夏神通常以羊頭人身的形象出現（有些類似基督教中的巴風特惡魔，Baphomet），這安裝技術也成了濕婆的特殊能力。

不過這則故事並未結束，因為自焚而亡的薩提因為深愛濕婆神而轉世到古尼泊爾國王之女：帕瓦蒂（Parvati）身上。這段故事在後來的印度傳統社會裡扭轉成了「薩提習俗[9]」，也就是寡婦在去世丈夫的火化壇上會自焚以表忠貞。

這國王是喜馬拉雅山和「雪」之王，因此王的女兒：帕瓦蒂，就成了「雪山女神」。為什麼薩提會轉世成雪山之女，我想這是因為濕婆在亡妻之後把自己孤立在了尼泊爾北方的「岡仁波切山[10]」的山峰上苦行[11]（ascetism）和冥想，並且已經苦修達三千年之久了。這個出於業力（karma）輪迴等執著讓薩提的轉世自然而然地接近濕婆。

當時的濕婆正在岡仁波切山上苦行，一心不想面見任何人，這同時正導致著天神快要滅亡了。這三千多年來到了天神快被阿修羅（asura）打敗的時代。曾經天神和阿修羅為了找尋長生不老藥（據佛教觀點：天神和阿修羅都有歲限）而一起攜手合作。宇宙的創造主梵天（Brahma）告訴大家喝下海底下的甘露可以長生不老。天神和阿修羅們把蛇王綁在傳說中的曼陀羅山（Puncak Mandala）上，然後翻動了著名的「乳海攪拌」（Samudra manthan）。把海底下的甘露翻

---

9 薩提習俗，suttee，就印度著名的宗教改革人士羅摩摩罕．洛伊（Raja Rammohan Roy，一七七四至一八三三年）認為，這項社會陋習跟吠陀典範的出入是帶有疑慮的，他創立的「梵天聚會所」（Brahma Sabba）是提倡薩提習俗改革的主要推手。參考自《印度：南亞文化的霸權》，頁278。

10 岡仁波切山，Mt. Kailash，今西藏境內南邊，一語「仁波切」（珍寶之意）為藏傳佛教之聖地，「岡」在藏語中也意指雪。在耆那教中稱為「八足山」，而印度教稱此山為世界的中心。

11 苦行，ascetism，又譯禁慾主義，以下引自書籍文獻：「禁慾主義在印度的起源，至少可遠溯及《梨俱吠陀》時代。稱為牟尼（muni）的沉默宗教者蓄留長髮，赤身或身著橘袍，四處行走。西元前六世紀的東方王國中有大量隱修士。部分修士棄絕社會關係，在森林中過著隱居的獨身生活，採集果實維生；另一部分則成為四處遊蕩的乞丐與教師；還有一些進行苦修的人，夏天臥於火堆間，冬天身著濕衣裳；更有部分進入深沉冥想。」文獻資料：《印度：南亞文化的霸權》，頁93。

出來。不過卻在快取得甘露之際，那被綁的大蛇王撐不住便往大家的方向噴出大口毒液。濕婆當時為了救大家，把所有超級毒液獨自吞下去，使得他全身發青，這就是為何濕婆神的形象總是青色的原因。

要命的是，狡詐的天神私自吞下甘露把阿修羅們丟到海底並把他們化身為邪惡敗壞的象徵，關在地底下。乳海攪拌之後，天神跟阿修羅連年戰爭（當然是阿修羅們因忿忿不平引起的）。天神佔據了天空被化為正義和善意的象徵，而憤怒暴躁的阿修羅則化為邪惡好鬥的形象，以致現今我們對阿修羅都充滿著負面的第一印象。當然，濕婆在這種時候不想再插手兩邊的事物，在薩提自焚之後他就把自己關在山上苦行去了。

這時，有位一心想報仇的阿修羅：多羅迦（Tarakasura）誕生了，他也執行苦行和禁慾，希望透過苦行，這種藉由控制身體跟意志上的目標來達到靈性跟轉化過程的力量。一心一意想打敗天神，他上冰山脫衣苦行，又下到地底到火中苦修，從這苦行之中他累積了因果業力（後續會提到原因），導致創造之神梵天出現在他身邊，被其誠意而感動。

圖為濕婆神畫像。圖授權 / ninassarts

梵天給了多羅迦可以打敗天神的力量，並告訴他這力量將歸你所有，直到有一天你會被濕婆神的兒子給打敗，唯有他能打敗你。這阿修羅多羅迦得知濕婆神的配偶剛自焚而亡，就放心地認為他不會再有兒子了。爾後，他便猛力攻打和報復天神，把他們趕盡殺絕地逐出天庭。因此，眾神都殷殷期盼濕婆神能趕快生出一個兒子。

遠在岡仁波切山上的濕婆跟他的座騎難丁在山中孤獨修行，這頭大白牛對濕婆非常忠心，濕婆走到哪都騎著難丁到處遊走。這頭牛也常忠實地在一旁守護濕婆，因此成為了印度教裡信徒公認的聖牛。在考古學界對古印度文明的考察裡發現印度河文明中很稀奇的沒有野生種的馬，只有牛群、駱駝或驢子[12]，所以牛跟牛車是早期印度河文明的重要交通工具，情有可原。

問題這時就來到喜馬拉雅山的國王，他正躊躇女兒成年的婚事。帕瓦蒂（雪山女神）是個善良的少女，所以父母親的決定她都會遵從。一天，神者聖哲（God sage）拿拉達[13]（Narada）前來拜見國王：

「喔！請接受我的問候，偉大的聖哲！」國王賀道並接著說：

「帕瓦蒂，過來接受聖哲的祝福！」

聖哲這時看了帕瓦蒂一眼，頓時告訴國王：

「喔！尊敬的王！她的命運將會讓他成為威嚇的濕婆神的配偶啊！」

國王和王后分分吃驚地說：

「天啊！她有這麼幸運能成為濕婆神的配偶？！」

做為薩提的轉世，帕瓦蒂對濕婆的感覺日愈深厚，她開始住上岡仁波切山上並想去服侍濕婆神。相反地，在經歷喪妻之痛的濕婆，完全看不上任何女人，對帕瓦蒂更是視若無睹，更何況他現在正在修煉禁慾苦行。帕瓦蒂只好每天撿上幾束花束像供奉神祇那樣把花圈、花束掛在盤坐中的濕婆脖子上。

濕婆全身青藍色，通常有三隻眼，第三隻眼長在畫有三條白紋的額頭中

---

12 參考自 Thomas R. Trautmann 著，林玉菁譯，《印度：南亞文化的霸權》，台北：時報文化，2018，頁48。

13 拿拉達，Narada，一說是梵天的兒子和心造之人，經常出現在諸多印度典籍裡，都是帶著預言和信使的角色現身。

間閉著。眾神都給逼急了，這濕婆再繼續對女人無動於衷的話，我們就要被阿修羅王多羅迦給逐出天庭，打入地底了！這時天神領袖，主掌天氣跟戰爭的因陀羅神（Indra）於是派了愛神卡瑪（Kamadeva）前去叫醒冥想中的濕婆。

這尊愛神卡瑪掌管著情慾和愛情，幾乎是希臘羅馬神話中愛神丘比特的翻版。他同樣拿著愛情之箭，趁帕瓦蒂在給冥想中的濕婆奉花的間隙之瞬間，一箭射中了濕婆，濕婆雙眼睜開看見了帕瓦蒂後便產生了感覺。然而苦行之神濕婆也非省油的燈，他能自覺自己內心已被外來之物給攪亂。他怒開第三隻眼，立刻掃射找出了愛神卡瑪是中作亂者，一怒之下把他燒成灰燼（濕婆的第三隻眼能射出火焰光），繼續他的修行。

帕瓦蒂見狀之後發自內心更確定她對濕婆的愛意，便心生一計，她只能以其人之道還治其人之身，那就是透過對苦行跟瑜伽的堅持修行的誠意來打動他。

在這之後的日子裡，帕瓦蒂便開始在山上住下，她每天在野地的冰雪天裡靜坐冥想，甚至是懺悔，持續日以繼日地供奉濕婆。她甚至會到山中的極冷泉，把自己的身體泡在冰泉當中，只露出一顆頭打坐冥想，修行苦行。果真，不知道是出於不捨還是出於心動，濕婆見到帕瓦蒂這般的舉動後產生了愛意打算娶她了。不過謹慎的濕婆卻化身成為一個無名隱士，前來向帕瓦蒂說道：

「喔！少女，苦行是個艱難的修行，妳的身體是無法負荷的，請停止吧！」

又說：

「我知道這位濕婆神，他性格暴躁孤僻，身上都披著惡臭的獸皮，身旁還有毒蛇，他不適合你，回去吧！」

帕瓦蒂聽聞之後，大發雷霆斥道：

「你這個沒大沒小的！濕婆在我眼裡有著一個偉大的靈魂，我喜歡他而我看到的是這個！」

此時，被感動的濕婆現出了本身，青藍色的皮膚，手持著三叉戟並向帕瓦蒂告白，答應娶她為妻。

在印度教裡，濕婆神和帕瓦蒂（雪山女神）分別有個聖物，那就是濕婆的林伽（男性生殖器）和帕瓦蒂的雍尼（yoni，子宮，源自於性力派觀點）都經常受到信徒的供奉。這種類似法國社會學家布希亞（Baudrillard，一九二九－二○○七）指出的：對物體和共同祖先的拜物信仰，在印度教裡以及傳說中形成趨勢。祂們對家庭和苦行者皆象徵著和解、相互扶持和和諧，並且有著陽性和陰性的二元力量。印度教也因為分歧所以分成了三大派，除了之前說到的毗濕奴派，濕婆也自成一派叫做濕婆派（Shaivism），而有另一個跟濕婆派相關且比較古老的信仰，以帕瓦蒂（雪山女神）為主的性力派，又稱作沙克達教（Shaktism）。性力派信仰一種更為古老的母神信仰，這一派的信徒認為摩訶提毗（Mahadevi），或簡稱提毗[14]是至高無上的創世主。而且以一元論的宗教觀主張印度宗教裡頭的重要女神都源自於提毗的化身，這包括剛剛提到的薩提、帕瓦蒂、黑天女卡莉等等。這種觀點非常類似人類最原始的大地女神（Mother Goddess）信仰，有時候在藝術史的書籍當中會看到取名自維納斯的石質雕像。英國人類學家泰勒（E. B. Taylor）曾在其著作《原始文化》中以進步論型態分析了宗教進化路線：

信仰鬼神 → 將此信仰延展於動物 → 賦予物體以靈魂 → 崇拜亡靈和祖先 → 拜物教 → 偶像崇拜 → 多神教 → 一神教[15]

這種大地之母的信仰座落在許多不同的地區，也包含了印度，此乃一種從早期母神信仰一直發展演化出來的偶像崇拜。然而性力派在印度當地具有很廣大的信徒，截至此所提及到的寺廟，有多少尊神都是帶有女神形象出現的，而這些女神崇拜就是性力派的一大主張。

「濕婆在沒有女神的力量之下也是毫無作為的」類似這種觀點會出現在性力派的身上。

因此陰陽的合一成為了印度教派相當可觀的崇尚法則，尤其像是許多濕

14 梵語「提毗」就是指女神的意思。
15 引自河清著，《現代與後現代—西方藝術文化小史》，杭州：中國美術學院出版，1997，頁76。

婆派的教徒甚至會同時參拜濕婆派和性力派的寺廟，因為他們相信一種二體合一的系統。類似的這些觀念導致他們時常會帶有某種雙邊性，也就是教徒不會獨厚一方，但是這樣子的運作我反倒覺得是印度從古至今，在歷史上經常無法產生的一種排除異端的問題。這種兼收的態度相對的也會養成包容性，而在包容性底下就缺乏一個強勢的統一機制，使得印度教派容易在歷史上越開越多分支與分派。

讓我們再回到這個尚未了結的故事，濕婆和帕瓦蒂結為夫婦後從此就定居在岡仁波切山的雪山上，並有自己的住家。濕婆據說還是老樣子，照慣一個人獨自進深山冥想修行，外加濕婆本身孤僻冷峻而經常冷漠了帕瓦蒂。

帕瓦蒂在家中感到無聊又孤單，便用泥土（也有一說是用身上的污垢）雕塑出了一具小男孩，並讓它活化。沒錯，這有點像羅馬神話中畢馬龍（Pygmalion）觸碰雕像使其變成活生生的女人一樣。這個由帕瓦蒂「創造」的小男孩在變成真的小孩之後，極為勇敢和活潑，似乎有著帕瓦蒂的內在精神般。但很遺憾的是，當帕瓦蒂有一日在沐浴時，濕婆回家了。小男孩天不怕地不怕，把偉大的濕婆神擋在家門外，不許他這個陌生人進來。脾氣本就暴躁的濕婆，見到這麼無禮的小男孩，一刀就砍下他的腦袋。這時，帕瓦蒂急忙衝出來，見到自己創造的孩子死了，悲痛萬分。她把來由告訴了濕婆，這濕婆立刻感到懊悔不已，況且這事若傳了出去，大家都會說濕婆神殺掉自己的兒子，情何以堪。於是乎，他衝出去一座大森林，就像他之前怎麼修復達克夏一樣，見到第一隻動物是隻小象，就砍了象頭回來安裝在小男孩的身體上，並賜予這孩子智慧和勇氣。從此，這象頭人身的神就是濕婆和帕瓦蒂的兒子：伽涅莎，算是一個被徒手「創造」和「修復」出來的孩童神祇：象頭神。

///

我時常在路途上經過這間象神廟，有時候坐在車上，有時候徒步經過。每逢八九月，我見就有他們的活動，非常熱鬧。我看見一大群印度人手中都拿著用泥土做的小象神，有時候很驚悚，會有一群人舉著一個巨大無比，高達三、

圖為濕婆（左）、雪山女神（右）和象頭神（中）以及林伽（下）。圖授權 /Guri Ji Creation

四尺的超大象神。我詢問印度司機，他們都說會把手中的小泥土塑像和巨大象神浸入水中（可我好像從沒看過有浸入在切佩特湖中）。

後來我向我的印度老家教考證，這為期十幾天的象神節是個宗教大節日。會有遊行和成群結隊的信眾帶著巨大象頭神浸水。我才理解到印度宗教跟布希亞所說的物體和物質性滿有出入的，尤其是家家戶戶對於物體（物質）的力量，有著非常虔信的崇拜感。這種崇拜感來自於西元前古印度 河文明時期就已經有的「虔愛主義[16]（devotionalism）」精神。就連泥土和黏土在海水裡化掉，他們都相信有某種「不可轉讓性」。這普遍連結到印度教信仰特色裡的化身與本身的思想，我感到頗為有趣。

據史料記載，我前些日子提到過的孔雀王朝（Mauryan Dynasty），印度

16 參考自《印度：南亞文化的霸權》，頁117。

17 孔雀王朝第三代君主阿育王（Ashoka）成了印度最偉大的國王之一，宣揚佛教並廣蓋佛塔，一聲中佈施並推廣佛教，甚至傳播至南印度到斯里蘭卡（古稱錫蘭），設佛教為全國性宗教，是佛教最輝煌的時刻。（可參閱第一手記註腳4）

早期偉大的阿育王[17]（Ashoka），他的名聲不下於阿克巴大帝，他推舉的佛教在印度達到最顛峰的興盛可是卻在阿育王駕崩之後的後期孔雀王朝逐漸衰微。這原因也許從這段濕婆神、雪山女神和象頭神當中可以見到一點端倪。

在大約西元前一八七年左右，孔雀王朝最後一代君主被刺殺，然後被自己的一位婆羅門將士叫巽伽（Pushyamitra Shunga）給推翻，發動了軍事政變之後成立了新的巽伽王朝（Shunga Empire）。從此之後，這位出身婆羅門階級的統治者信仰偏袒婆羅門教，也就是吠陀宗教，尤其是對於毗濕奴信仰有所偏愛，因此大興吠陀宗教並開始打壓阿育王所興建的佛教文化。其中一點，也是因大眾化的角度，大眾一般比較能接受膜拜一個尊敬位高的神祇，透過信奉和虔誠的祈禱，這尊神祇能夠賞罰分明，執行正義並保佑好人，驅逐和懲罰壞人。這類的需求比較能落在由虔愛主義發展出來並結合吠陀文化和婆羅門知識的印度教（Hinduism），再加上印度教主張「因果業報」的法則，使得實行賞罰分明和執行正義的功能被「自動化」，而且化於無形，這種存在更容易取得大眾化的喜愛。然而反對吠陀的佛教（包括耆那教：Jainism）是一種類似於濕婆神在進行的「避世」和「苦修」等等的簡樸禁慾相關的隱士生活，這種生活形式相對地艱辛並且在一般人眼中是難以維持的型態，因此在這種情況下佛教難以在該時期獲得全面大眾的支持。

濕婆神代表了一種精進苦行的瑜伽思想概念，而毗濕奴則透過祂下凡的故事，化身正義、執行賞罰除惡的代表，因故這兩大神祇成了印度教系統的雙核心。尤其是毗濕奴派（Vaishnavism），傳說毗濕奴曾下凡為十大化身：魚、龜、野豬、人獅、侏儒、持斧羅摩、羅摩、黑天神（Krishna）、佛陀和卡爾吉等，來執行所謂的大眾需要的正義或賞罰，因此信仰跟現實能夠兌現所以頗得人民尊敬信仰。

我常聽老家教住所隔壁鄰居阿姨說他們當地人比較多信眾是信奉黑天神：克里希納（Krishna），有一說祂有點像三太子的形象，善於舞蹈又是個活潑的小男孩，可是祂卻扮演了母親呵護、疼惜和守護平民的角色，我個人覺得很像聖母媽祖的身份。因此我在金奈時常見到克里希納，因為「克里希納」在梵文的意思是黑色、暗藍色，所以祂的形象通常會是深藍色或黑暗色的雕像，我會跟著鄰居阿姨一同合掌敬拜祂。

不過我覺得這並不代表佛教和耆那教所主張的生活修行方式就是不被大眾支持的，這種類似避世論（在當時的時代應該更貼近棄世論）的思想態度在現代資本主義的慾望時代也不完全是脫節的。有時候當我們在電影劇情裡或者在經過鄉村的地方，當看見了一種樸實的景象，一種接近自然的生活，又或者是在一處簡易的房間，一個人獨自生活，隔絕外頭並能自我打理的型態場景時，我們都常常會產生某種嚮往感。這或許是在我們內心深處，隱約地告訴著我們，其實我們需要的很簡單，生活也可以很簡單，只是在繁多的社會環境裡我們已經都抓摸不到我們自己真正的需求和想法，或許這種避世論就是某種歸零的態度，讓人能夠回歸並開啟一道跟真正的自己清楚構通的管道。我想這應該才是這些避世論宗教在倡導的概念，但是許多一制性的出世方法卻讓大眾容易產生猜疑和排斥，理解不到這兩極之間的其中奧秘。

二

一天，比巴兒很沮喪。

他看著皇上。

阿克巴看起來相當自鳴得意，自鳴得意的原因是阿克巴的新寵臣沙迪．沙（Shadi Shah）像往常一樣阿諛奉承皇帝，而阿克巴則得意洋洋地接受了這種阿諛諂媚。

「我也阿諛奉承皇帝。」比巴兒自言自語道。

「但我也戳破了他的虛榮心。」

「我謹慎拿捏，但這沙迪．沙傻瓜正試圖把皇帝變成和他一樣的笨蛋。」

「他正試圖說服皇帝，讓皇帝成為造世主跟終結者。」比巴爾碎唸著。

沙迪．沙是一名優秀的士兵和一名精湛的獵人。正是因為這兩種品質，他引起了皇上的注意。他也算是野心勃勃、虛偽和現實的。通常在這種情況下，阿克巴很快就會看穿並避開這些虛假的大臣。但這次他似乎很享受沙迪．沙的陪伴。怪不得比巴兒會如此沮喪。

一次，阿克巴站起身來漫步走出皇宮。那是八月一個悶熱的夜晚，沒有一絲涼爽的空氣，皇帝停在一個大水缸旁邊問道：

「為什麼這個大水缸是空的，沙迪沙？」

「如果裡面裝滿了水，我們就可以洗澡和降溫了。」阿克巴有些氣憤。

「陛下在水中沐浴？可是真主阿拉是禁止的！」沙迪．沙呼道。

「尊敬的陛下應該是在牛奶中沐浴[18]。這個大水缸應該裝滿牛奶才對！」

看到大而強壯的皇帝在裝滿牛奶的罐子裡飛濺的景象，比巴兒忍不住笑了出來。因為沙迪．沙的阿諛諂媚令人作嘔，形容皇帝的景象實在可笑。

「真是個好主意啊！」比巴兒緊接著問道。

「那你怎麼不趕緊把大水缸裝滿牛奶呀？」

「可是……。」沙迪．沙吃了一驚回覆到。

18 在印度傳統宗教習俗裡，會用牛奶、奶油去澆沐神祇，代表一種對神的尊崇和敬意。

「這麼簡單的事情都做不到？」

「我相信法泰赫普爾．西克里（Fatehpur Sikri）的民眾會和你一樣著急。」

「然後急著提供一罐牛奶給他們的皇帝洗澡。你只要發布一個公告，每個公民都會帶一罐牛奶倒進大水缸裡。」比巴兒講到。

比巴兒望著漆黑無月的天空緊接著說：

「到黎明時，缸裡就會裝滿。陛下打坐之後就可以在裡面沐浴。」

「但如果陛下願意聽我的拙見，我認為一罐水比一罐牛奶更能讓陛下清爽到。」

「沒人徵求你的意見，比巴兒！」沙迪．沙粗魯地插話。

他對比巴兒提出的如何給大水缸加牛奶的建議感到惱火。因為他自己在皇帝面前提不出主意。

比巴兒保持沉默。但該公告已被阿克巴發佈了。

法泰赫普爾．西克里的市民相當驚訝，昏昏欲睡地開始起床慢慢排隊，將他們的牛奶罐倒進大水缸裡頭。黑暗中，水缸開始裝滿。當黎明照亮天空時，阿克巴正準備禱告儀式，沙迪．沙和比巴兒同其他朝臣被皇帝召見，他們在大水缸前看到一個裝滿洗澡牛奶的奇怪景象。但是等待他們的是一個更加奇怪的事情：水箱裡裝滿了，但都不是牛奶，而是清澈涼爽的水。沙迪．沙驚訝的張大了嘴，這一次，比巴兒笑容滿面，因為這些正在他預料之中。

阿克巴看著比巴兒，認為又是比巴兒在搞怪。

「你的嘴巴不需張這麼開，沙迪．沙。」阿克巴乾巴巴的說。

「蒼蠅會飛進去的。」

「我的比巴兒，你似乎知道我們所不知道的事，這是幹什麼？」阿克巴大帝問了一下。

沙迪．沙怒視著附近值班的士兵：

「這缸子怎麼裝滿了水？！裡面沒有一滴牛奶！」

「大人，我不知道。大家都把自己的壺罐倒進水缸。我以為是牛奶，因為天色昏暗看不到是牛奶還是水。」士兵邊說四肢都在顫抖。

「陛下啊！是您節儉的人民利用了黑暗。」比巴兒對皇帝解釋道：

「因為大家都認為一缸水跟一缸裝滿牛奶的水缸沒有任何區別！所以才會很自然地以水代替牛奶。」

「於是大家都一人倒了一壺水。他們沒有不尊重陛下之意。然而他們只是很聰明。」

「但誰能比你更聰明，比巴兒？」阿克巴的話裡充滿了舊情。

「在朕的人民做任何事之前，你就知道他們會做什麼！」

「你是對的。在有冷水可用的炎日中，誰會用牛奶沐浴？」阿克巴大聲道。

阿克巴終於清醒了，冷水確實比較能夠在夏日炎熱沐浴時感覺清爽，牛奶貴重則耗盡了臣民的財產生計，從此皇帝不再聽從佞臣的誇大諂媚之詞。比巴兒也終於不在這麼悶悶不樂了。

＊以上故事是阿克巴與比巴兒具諸多版本的民間故事之一。

我在安達爾私校，正上著英語文學，我的英語文學老師也是我的班導魯克曼尼[19]女士（Rukhmani Mam）要大家輪流把這個阿克巴和比巴兒的故事朗讀出來。我非常緊張，從右前方開始，輪到每個人的時候他就要站起來舉著課本朗讀一段，這種時候我非常焦慮不安，因為不知道從何時開始，我就說不出話來。當輪到我的時候，我依然坐著完全沒有任何動作。女士在前臺撇了一下身子看著我，要我起立，幾番訓斥之後看我都沒動作便放棄了，要我後面的同學緊接著朗讀下去。雖是僥倖逃過一劫，但這個問題一直困擾著我，並隱約持續著未得到改善。

話說回來，我在金奈生活最自由的時間莫過於能隨時隨地的到處遊玩，我的時間不會因為讀書、補習和升學給綁住。有一天家門前開始鋪上了柏油路，那種黃土滾滾的景象在金奈開始逐漸消失。我跟弟弟經常在馬路上跟房東的兒

---

19 **Rukhmani**，在梵文當中指「黃金色」或「光芒四射」，印度人長椅印度教神祇對象來取自己的名字。這尊是印度教中在南印度普遍信奉的母系之神，傳說是第一個黑天神克里希納的配偶。

子踢起足球。附近的鄰居問起我在哪邊就讀時，我都會回答說：安達爾私校。在他們眼中，安達爾私校似乎一直是個被尊敬的地方，讓我非常好奇，因為我並不覺得有哪裡可敬之處，我只感覺到裡面的女士老師都經常對我嘶吼訓斥，對我很兇的那些臉孔我都依稀還記著。

這時是二〇〇三年三月，被稱為本世紀的黑死病「SARS」迅速在香港、台灣和新加坡蔓延開來。在台灣社會裡引起劇烈的震撼和恐慌，死亡人數列居全球前幾名。傳染性與死亡率極高的「SARS」非常可怕，當時很多親友都不建議我們在放假時返回台灣，因此這年我們的回鄉假期就此泡湯。要一直等到八月為止，台灣的疫情才逐漸步入穩定的階段，這一「疫」引發全世界的關注。

遠在印度金奈的我，當時印度只有個位數的確診者，因此並沒有如台灣社區一樣警戒著，印度國內的恐慌並沒有如此之高。不過也是在我七、八月發高燒（非SARS）之際，我記得我帶著疲倦的姿態前赴安達爾私校參加入學考試。當時高燒不退，我獨自在校長辦公室裡寫著英文和數學的考卷，一位滿頭白髮的老奶奶是這所學校的校長。她看我身體不舒服的樣子讓我早點寫完考卷就回家休息。學校讓我從四年級開始就讀，不過很快的便跳級從五年級開始插班，我的學科就開始有點跟不上。

剛入學進到班上，那教室沒有電扇（後來裝了四台），基本上都開著兩邊的大窗戶讓風進來，而風也很大所以不至於會太悶熱。反倒讓我比較意外的是開頭為「Lady」的學校學生有男有女。雖然大部分都是女教師在授課，而且我們都要叫她們「Mam」或「Madam」（女士的意思），所以我一直以為這所學校是女校。然而在我私下詢問打聽之下，才了解到「Lady」是所有在印度裡對女教師的稱呼，這個系統源自英屬印度遺留下來的，而不是美式的「teacher」。

創校人是安達爾夫人（Lady Andal）和其丈夫文卡塔蘇巴．拉歐（Sir M. Venkatasubba Rao），是南印度現代化，在二十世紀初的兩位啟蒙與社會改革者。

拉歐爵士是十九世紀末出生，有法律背景的律師。他在馬德拉斯（舊金奈）當律師期間大力提倡「領土原始方（the Original Side）」的作法。英國在統治印度期間設立了三大高等法院，分別在孟買、馬德拉斯和加爾各答（Kolkata）。拉歐爵士提倡所有發生在該領土的案件都可以直接向高等法院提起訴訟，無需經過地方法院。就該領土而言，高等法院將會是一審法院。這項的推進使得拉歐爵士在一九二一年成為馬德拉斯高等法院最年輕的法官，頗有威望。

一九二三年他打破俗眾的眼鏡，娶了一位寡婦：安達拉瑪（Andalemma，婚後簡稱 Lady Andal）。在當時的傳統社會裡是不被允許的，這是拉歐爵士異於常人之處，也正是一位公正的法律人士，對南印度的社會病態、社會汙名和特權使用者提出的徹底改革。爾後，他們夫妻倆創立了馬德拉斯服務家園[20]（Madras Seva Sadan），是安達爾私校的前身。主要在此提倡女權意識、教育和社會福利。拉歐爵士成為了一位在馬德拉斯非常閃耀的社會改革燈塔，也是女權的象徵，他種種的舉動使得他在一九三六年被封爵。

然而他的夫人安達拉瑪也非常活躍，安達爾夫人雖然出生富裕人家，並接受過良好的高等教育，但卻在年輕時成為了一位寡婦（前夫去世）。在當時的社會道德裡還出現著宗教蒙昧主義，因此寡婦是不能再嫁的，並且要遵守「寡婦之道[21]」。這種思想被社會改革先鋒拉歐爵士給破除，他以尊敬之姿大膽地娶了安達拉瑪，造成社會一陣譁然。不過讓廣大印度人民（知識份子階層）被喚醒的主因多少還是座落在英國殖民政府在印度採取的教育措施。除了在十九世紀初，英國在印度廣設英語教育（英語學校）之外，還不斷透過傳教士把基督教知識隨帶著西方思想的人道主義、自由主義、人民思想以及科學理性灌輸到印度。猶如中國清朝在鴉片戰爭之後，國內在西學的崛起之後造成那些學習八股文或四書五經的科舉制度產生了鬆動。同樣的，這些西學思想也開始鬆動了那些印度過去僵固的宗教成規、古典經學和偶像崇拜等現實層面。因此，在十九世紀初就有了許多宗教改革相關的組織團體，如「梵社[22]」在不斷推動一些社會運動。或許愛國主義詩人，偉大的泰戈爾[23]（Rabindranath Tagore）不會

20 Seva 在印地文中是指服務，即服務性質，而 Sadan 是指屋子或議會院，有點類似私人的福利院。

21 寡婦之道在十九世紀初甚至還有寡婦自焚的成規，一直從一八二八年開始的近代印度教和社會改革組織「梵社」（Brahma Samaj）以及一八六〇年代激進派和保守派在政治上出現裂痕，由激進派分裂出來的「印度梵社」聚焦提倡寡婦再嫁，並且廣設很多的婦女學校，因而在推動婦女解放運動。「梵社」的形成多少跟早期著名宗教改革人士洛伊（見註9）的「梵天聚會所」有所相互啟發和影響的關聯。

這樣認同，在他晚年最後一篇文稿《文明的危機》當中寫了非常多英國對印度造成的社會問題跟災難。我想也是如此，尤其在英國對印度殖民的結束，很二分法的沿著宗教分際的方式來劃分印度跟巴基斯坦兩個國家，這個問題一直到千禧年期間還在不斷紛爭著，並未結束過。

然而，在安達爾夫人活躍的時期，那時候的印度開始有了啟蒙意識的萌芽，這兩位神鵰俠侶在當時的馬德拉斯身體力行，主要以慈善者的身份在幫助那些沒有特權的或受到種姓制度所污名壓制的民眾，尤其是女性（婦女）。在當時的社會裡是相當難以被動搖的，不過正是在這兩頭倔牛的堅持之下，由安達爾夫人主掌，他們透過服務家園，意在保護被社會傷害的婦女、孩童或底層階級的民眾。這個地方一夕間湧進多達千位的成員，多是女性，並且皆視安達爾夫人為她們的母親。因為夫人聽說會用自己的錢去準備成員的嫁妝、婚禮並幫助這些女性挑選好丈夫。

有一天，一位小女孩加入了這個大家庭，但據說全校的女學生都拒絕跟她同桌吃飯。主因在於這位小女孩出身賤民，以當時社會的種姓制度來說是不能夠與賤民同桌用餐的，這叫做「種姓隔離」。安達爾夫人見狀之後，依循她身教大於言教的主張，二話不說在眾人面前不顧他人反對，一屁股就坐在小女孩的身邊一起與她有說有笑地用餐，而且持續著一直陪她。此嚴重性是很強烈的，雖然種姓制度不是國家法規，但是它是出自印度教吠陀傳統的法典：《法論（Dharmashatras）》。這個法典以一種宿命論的觀念，把原始種姓的「不變性」規範了在世世代代的人身上，並劃分四種階級種姓來視為是「法」而要人遵從著。掌管這些「法」（非國法）的是一些地方長老，這群地方勢力隱約著在執

22 見註21。

23 泰戈爾，一八六一至一九四一年，他的生命是活在英國殖民印度的期間，其父親和祖父皆是當時的孟加拉邦的地主和商人。其父曾繼任「梵社」的宗教改革團體領導人。因為出生印度教的家庭，泰戈爾從小沈浸在印度教聖典當中，爾後赴英國和歐洲遊歷成為西學人士。但在他返國之後不斷參與遊行示威，利用極其鋒利的筆大力反對英國在印度的作為並提倡印度自治運動，透過大量的愛國詩文、詩歌與演說提升了印度人民的民族意識，成為一位愛國主義人士。他的詩集作品《吉檀迦利（*Gitanjali*）》曾獲得諾貝爾文學獎，聲名因此遠播，曾會晤印度聖雄甘地，但卻對甘地的不合作運動有許多分歧意見。晚年到過世界各地演講，包括美國、歐洲、中國和東南亞等地。參考自《泰戈爾》。

行該地方種姓制度的《法論》傳統。而每個種姓又可以有不同執行的長老們，他們可以執行懲罰，例如罰款或者把罪者逐出該種姓，尤其是座落在跨種姓婚姻的問題最為嚴重。因此這些牽制，在融合了信仰，導致人們難以自覺脫身。身為啟蒙人物的先鋒，安達爾夫人看透了這種地方社會問題，在她不顧地方勢力的壓力下持續與小女孩相處，然而時間久了，大家都習慣了並願意與小女孩一起用餐也開始跟她成為朋友。這段佳話使得安達爾夫人名聲遠播，成為一位具有社會改革和教育啟蒙的人物。

聽完我老家教的敘述之後，我才了解到這所學校的一點背景意義。老家教是一位四〇年代出身的人，她是一位見證印度從宗教改革走向獨立的見證者，因此從她口中可以感受到她對於安達爾私校背後的歷史經歷是相當尊敬的。不過，也因為這個光環的關係，這所學校的女教師都頗屬於強硬派的作風，並且很有自己的主見。法律背景的菁英份子或海歸人士在英國殖民印度期間，其實大多分佈在海岸型城市：加爾各答、孟買跟馬德拉斯（金奈）。這群具有法律相關知識的份子是透過自己的專業去幫助當地走向自治的功臣，我想晚期的拉歐爵士也是這類人物的代表。

///

剛進安達爾私校時，我被安插在一個二十多位學生的班級，跟以往的美國學校多元文化背景不同，在這所學校裡我被當成是眾所矚目的焦點。我倍感壓力，我的位子被安排在靠中央的地方，那是一種木質的長桌，兩人坐在一桌，桌子非常老舊，上頭都留有歲月的痕跡。而坐在我旁邊的女生阿南雅，則專門輔助我這位新生。

通常每個印度人都是瞪著大眼，目不轉睛地盯著我的一舉一動。班上有一位韓國人，叫載元，他應該非常能夠感同身受這種眾目睽睽的難受，一種被放大檢視的感覺，我非常的不習慣。

安達爾私校蓋在馬德拉斯服務家園裡，園區雖然很大但是現實中其實很空曠，沒什麼建築物在裡頭，往深一點的地方有個游泳池和廣闊的樹林。校門前區是一個紅磚建築，我聽校內的人都稱這裡為紅寶石大樓（Ruby House），我也經常要穿越過這棟大樓去進到教室，上下學也要通過這裡。紅寶石大樓的一樓有個戶外的大廳，經常會有集合和歌唱活動在這邊舉行。我經常跟班上的好朋友：胖子和瘦子，一起來這邊閒晃。

胖子都是由他母親親送午餐來學校，他常在母親的車上吹冷氣和吃飯。而瘦子會帶我來這邊買三角餃（samosa），那些印度賣飯的人看到我是外國人都會故意把三角餃賣貴一點給我，所以我都要帶著瘦子跟我一起買。三角餃是我最喜歡吃的印度小吃，三角形的樣子，是個炸物，一餐我可以吃到四五個不等。撥開來非常的香，是我在台灣沒聞過的食材，裡面有咖哩、土豆之外，也有鷹嘴豆、松子和酸豆等，主要分成葷的跟素的，因為印度的學生有好多人都吃素。

之前我對韓國人有著比較不安的記憶，因此我跟班上的載元並沒有非常熱絡的一同遊玩。我反倒跟胖子和瘦子有較好的交情，常在紅寶石大樓右邊的遊樂場玩遊戲。

最近我發現班上的學生都以印度教相關的神祇來取他們自己的名字，這讓我很是驚奇，雖然印度教是多神論，但如果拿關公、觀音、媽祖等等的名字來命名好像會有點奇怪。話雖如此，像胖子，他叫阿尼魯（Anirudh），是根據一位叫阿尼魯達（Aniruddha）相關的尊神而取名。這神祇經常會以野豬的形象做為象徵，因為在梵文當中意指無拘無束和不可阻擋之力。在中世紀一位古吉拉特詩人：普里曼囊・巴特（Premanand Bhatt，一六三六至一七一四年）的著作《奧卡哈蘭[24]（*Okhaharan*）》中記載著關於阿尼魯達的故事。裡頭述說著這位尊神的事蹟，阿尼魯達是尊異常勇猛的戰士，是黑天神克里希納的孫子，因此祂的身份通常屬於毗濕奴派（因為黑天神是毗濕奴的化身之一）。然而我都叫他胖子，因為他體型過於胖碩，且戴著一副黑框眼鏡，講起話來有點沙啞。有時候，胖子的母親會邀請我一同到她車上吹冷氣吃午餐。胖子的母親說取名的用意是神明會保佑著他，這指的是單純的個人名字，因為南印度人的姓名結

24　一部關於一位叫「奧卡」被綁架的少女的故事。

構還得加上村落名和父名（這跟北印度人的名字結構不一樣為一大特色）。她也透露著很多名字會揭示著種姓背景，但南印度人的姓氏有時候會用父名，因此不像北方人那麼容易被揭示。

我們的制服是黑色格子加棕色為底色，褲子是米色的長褲，整體搭起來我覺得滿不好看的。每次胖子常常會把他的制服用破，我都會不出聲地笑他。他是印度的信德族人（Sindhi），通常人口分佈在西北部的巴基斯坦地區。反倒是瘦子才是泰米爾本地人，而他的母語也是泰米爾文。有的時候，我要靠他跟外面的人溝通，尤其是我常拿家中不懂的物品去找他幫我翻譯，因為我發現雖然在泰米爾那度省，但並不是所有的人都會講泰米爾文，相對的印地文普遍才是通用的。

瘦子叫做夕弗拉姆（Shivram），其名之意指涉的也滿明確的，濕婆神（Shiva）和羅摩神（Rama）的統一。不過他身子很瘦，所以我都叫他瘦子。他個性溫和也比較安靜，最主要是他可以接受我的沉默，因為我不講話，他在我旁邊或許會覺得他自己話變多了。然而他人很好，是個耐心助人的孩子，他幫助後來班上轉學過來的殘障人士黎夏（Rishabh）的泰米爾和印地文之類的功課。

學校某班級有個連體人（conjoined twins）叫拉維（Ravi），在金奈路上滿常出現的。我曾在雪午德廳遇到一位單手有雙掌的老師。我第一次接觸到這位同學，對我來說我其實有點相當畏懼。學校很多人都跟他保持距離，因為有很多學生都會稱他為羅婆那[25]（Ravana），也就是史詩中有多頭多手的妖魔。拉維的制服要穿兩件，因為他從胸骨以上就分成兩個人。他分別有兩顆完整的頭，且是分開的。因為連體人是連體雙胞胎，所以兩個頭都長得一模一樣。這兩個頭完全分開，但是長在一個身體上，所以他行走起來很困難。我看他行走都不太穩，兩個頭能左右探望，可是身體承重似乎過大使得他變得要像螃蟹一般地緩慢斜行。他邊走兩隻手會不受控的揮來揮去，遠看會真的讓人有些畏懼。

25 是印度著名史詩《羅摩耶那》（*Ramayana*）中住在蘭卡，古斯里蘭卡島上被妖魔化的魔王，據說有十顆頭，十隻手。但是在佛教經典《楞伽經》中他叫「羅婆那楞伽王」，是一位以音歌贊佛，奉施佛陀到楞伽（古斯里蘭卡）王城中說法的備受尊敬之王。

圖為安達爾私校的教室以及本班之學生。圖 / 黎夏提供

不過瘦子他就是會主動去扶他走上樓梯，而我見狀就跟著瘦子一起走樓梯。

拉維很特別，雖然只有一個名字，但感覺兩個頭分別是不一樣的人。他可以一個頭轉向瘦子，一個頭轉向我這邊，一邊講泰米爾話，一邊跟我講英文。

但話又說回來，我其實並沒有像瘦子那樣人好。有幾位同學，像傑維修、阿碧雪和巴拉吉，這些坐在我後面的人，經常會在上下課的時間來找我碴，趁我不在的時候偷藏我的物品。巴拉吉最會拿我的名字來搞笑，因為我的英文名字唸起來像泰米爾文「中毒」的意思，然而有些泰米爾文的髒話開頭都是「波」（柏），所以他很常故意嘲笑我的名字發音。我也不是那麼和善，在經過跟文泰浩的日子裡，這些人我都會毫不留情地給予回擊。因此，班上的人常會看到我在跟後方的巴拉吉在互毆，有時候我會裝一大桶水，提進教室一手倒在他們的位子上。久而久之，我就變成了班上的暴力份子。我們的班長叫傑，是個還滿英俊的男生，他常會向老師告我的狀。久了以後，老師們又就開始對我非常的不滿。

然而，對我最不滿意的就是我的班導魯克曼尼女士和地理老師，魯克曼尼同時也是我的英文文學科老師。在印度的學校裡，老師叫到你，或是要發言等相關舉動，都要遵守起立的原則，面對教師要站著發言。但因為我先受教於美式那種舉手發言的習慣，我就變得非常排斥這種客套儀式，因此每次女士點名的時候，我都忘記要站立而依然坐著，我完全不會有站起來的反射動作，導致她們很是生氣。

我在班上是不講話的，我也不太清楚為什麼我自己不講話。我的英文在課後有跟老家叫補習的原因，大有長進，所以我聽得懂大家在講述什麼，不過老師似乎都誤以為我不講話又不起立的原因在於我聽不懂英文，但我自己察覺應該不是這樣。

早晨的英文課，魯克曼尼女士給了班上一人發了一首詩，上面就是今天要學的英語文學，是印度著名的泰戈爾之詩文。我拿起來讀了一小段發現自己讀不懂，可能我對詩一直是一竅不通。不過我在老家教那邊補習之後，我的英文大有長進，雖然讀不懂泰戈爾詩句中的深刻哲學含義，但只要女士用英文提點解釋一番，我也能大致抓到其中的精髓。

然而只是這次上課比較不一樣，我還以為又要大家輪流站起來朗讀詩文，但結果不是。魯克曼尼女士講課到一個段落就直接點名要我回答她的上課問題。我頭皮發麻，想說這下麻煩可大了，看似她是要針對我來著，我一慣如故的保持緘默。她就愈發強勢，要我從座位上站出來到教室前面面對她站著。我判斷這次的態度跟往常很不同，確實是要針對我來的，而我還是選擇站在我的座位原地不動，因為我覺得既然要針對人了，我站在哪裡大都一樣，而在自己座位站著較為舒適。

我頓時感到慌恐，她緊接著就開始大聲訓斥：

「你為什麼不講話！？」

我持續保持著沉默，看著她，又看看班上的大家。

「說話！回答我！」

我想這一直是個敏感話題。

何止是班上，就連我的好朋友胖子跟瘦子都比女士還想知道我為何都不發話。但就連我自己都渴望知道我自己不講話的答案。

我也不清楚從何時開始我就不講話了。胖子曾經跟我說我在剛入學的初期，他還有聽過我講過幾句話，而且他說我的英文明明就沒有問題。在沒過幾個月之後，我就再也不說話了。我自己也很納悶，因為我自己也經常地在問自己為什麼我的話講不出來。相反地，我在家裡和在我的家教老師那裡，甚至是在大賣場或是戶外，我都可以很自然的講話，但是就是當遇到特定的這群人和特定的社交場合我就開始無法說出話語。後來我跟同學之間的溝通方式都是用手語指示或者靠書寫在小紙條上。每當我需要什麼或有話要說的時候，我都會從口袋中掏出紙筆，這也是我一慣隨身攜帶的物品，把我的話寫出來再遞給對方看。

從此，紙跟筆一直是我的重要物品，我在學校沒有這兩樣東西我就麻煩了，因為我無法講話，只能靠寫紙條的方式去跟別人聯繫。上課無聊的時候，我還會不時的去製作一些「Yes」跟「No」的卡片，方便我在回答的時候可以直接從口袋掏出來遞給對方，我就不需要每次都得重新再寫一遍。這也可以避免我每次點頭搖頭造成一些非語言表達的錯誤，因為他們搖擺著頭是指「對」的意思。如果對方會錯意，他還得等我在一旁寫東西，對方往往會不奈煩，雖然我的書寫速度已經很快了，可是要解釋一大段還是會花上我很多時間，畢竟我是最清楚口語表達跟書寫表達之間差異的人。

我想或許在那時候沒有人比我更為清楚了。

就這樣我感覺自己自願當起了啞巴，我常覺得自己非常可笑，也很討厭這樣的自己，即使是這樣我發現我也實在無能為力。奇怪的是，我的意識告訴我不能放棄與人交流的使命，我很驚訝，因為即使在這種情況下還有另一部分的我期盼去跟他人交流。這使得我在無法溝通的情形之下，我可以很自然地去跟同學打成一片，一起開心難過的玩樂相處，但唯一的是在這些相處的過程裡頭，我的聲音總是缺席的。有的時候我會忘記自己有聲音的存在，我以為我只活在無聲的文字當中，一整天下來在學校裡都沒出過聲，我時常跑去一個無人的空地，在那邊發出聲音對自己講一點話，告訴自己我還能說話，我的存在還在這裡。

有時候我常常會忘記自己在場，因為如果自己的聲音消失了，在很多場合裡我總會感到自己不在裡頭，正如我的聲音一般，它的缺席會造成我徘徊在其他空間當中。一方面清楚意識到自己正在一個場合之內活動，但是在自己的話語和聲音缺席之下，我又會感到自己並沒有融入在這個熱鬧的場合當中。

就如同這樣，我對自己的輪廓逐漸開始模糊。我只能在文字中現身，說話中的我平白無故地消逝了。

這種持續不說話的日子，維持了七年。

要一直等到我到了泰國之後，我才記得我有開始說話的印象，或許一次一次地轉學給了我一次又一次讓自己重新開口說話的機會。在這些到來之前，我似乎都在尋找能夠替代自己說話的方法。也因為傳紙條的關係，我就變成班上的笑話，人稱「紙條空白哥」（blank piece），我也只能這樣自我翻譯了，而每次都要幫我帶話的胖子就被班上稱作「發話筒」（mouth piece）。寫紙條成為我跟班上大夥兒相處習以為常的模式了。我也因為經常要書寫紙條，所以我能無聊到把班上所有人的筆跡都模仿得唯妙唯俏，算是某種程度對這種日常的執著了。

我們的教室是四方形的，只有一扇大門通常在教室的左手邊，左手邊也會有一個用磚牆做的台階，台階下面通常會放著大家的書包跟午餐。而台階上面經常會放著大家的家庭作業本，我時常會站在台階的旁邊翻著每個人的作業本，就像臨摹書法字帖一樣，把作業本翻開就這樣臨摹著每個人英文字跡。有幾次，我會用胖子或瘦子的字跡去寫考卷，每次當考卷發回來的時候我都會亮出來給他倆看，他們的回應都是不可思議。所以我的作業本裡很沒有自己，因為某一天我心情好就會選擇用班長的字跡來寫作業，另一天心情變了我就會用別的人的字跡來寫作業，因此每一篇作業都是不同人的字跡，直到最後我就會被批改作業的女士給叫去詢問。

某一天晴空萬里的地理課早晨，我們正在上著古印度笈多王朝[26]（Gupta Empire）的地理歷史，胖子坐在我旁邊問我等一下中午吃完午飯要去哪裡玩。

26 笈多王朝，Gupta Empire，西元三二〇九至五五〇，是當時印度在文化和科學發展等知識上一個非常興盛的朝代。

我想了想，在紙條上寫：「不知道」，然後遞給他。他看了我的紙條後，也開始在紙條下方寫了：「那我就要在車上睡覺！」我拿回紙條笑了笑，繼續寫：「我跟希弗拉姆先去一樓，我們吃三角餃等你，然後你吃完之後過來到後面的遊樂場。」就這樣一段英文，正在我準備要遞給胖子的時候，女士從一旁抓走我的紙條，令我嚇了一跳，因為我的專注我完全沒意識到她已經走到我旁邊。她是我的地理科老師，叫做毗加耶拉克許米女士（Vijayalakshmi mam），後來聽說當上了本校的副校長。她用比較極端的方式逼我唸我寫的東西，雖然紙條上寫的東西一點都不勁爆，唸出來也無仿，可是在我拒絕說話的情況下，即使我想念但好像也唸不出來。

胖子見情況不太妙趕緊出面緩頰：

「女士，他說他等一下吃完午餐要去……。」

「閉嘴！阿尼魯！你是他的發話筒嗎？！」

女士憤怒地斥責了胖子，他只好安靜的坐下位子上兩眼盯著老師。我依然沉默站立著，我開始學會站起來面對女士是因為我需要某種權宜之計。

因為有一次安達爾私校的運動大會上，印度國歌《人民的意志[27]（*Jana Gana Mana*）》響起，全部的班級都規定要起立並且大聲唱出國歌，這是我第一次聽到印度國歌的場合，我很喜歡它結尾的旋律，不過我並不清楚這種場合我要做什麼，因此我還坐在位子上聽著歌曲。當我發現大家都起立唱著歌曲時，我才驚覺場面好像有點嚴肅，坐著的我反倒成為大眾焦點，於是我就立刻站了起來，但我的舉動變成非常顯眼使得我後來才站起來的行為被對面的一夥人看到，在歌曲未停止之前他們都兩眼直瞪著我。

當歌曲停止之後，我就看見對面兩位帶著強烈民族主義的印度女士相當憤怒的走向前來，我想說又遭殃了。她們先是訓斥了從一旁趕過來的胖子，他真是可憐每次都會被我的事情波擊到，胖子說我後來有起立了。但顯然這兩位女士還是無法諒解，畢竟我沒有在一開始就馬上起立，而是在歌聲放了快一半

27　印度國歌《人民的意志》原歌詞的詞曲都是由印度詩人，並且是諾貝爾文學獎得主泰戈爾所作，他同時也是孟加拉國國歌的作詞人，算得上是兩國國歌之作者。

之後才站起來，我的舉動或許就讓她們誤會我是故意要不尊重印度，後來我才明白原來他們之間在談論的這個歌曲是印度的國歌。我感到無法辯駁，我也很想道歉但我說不出話來，就只好沉靜著看著兩位女士，而且我也不認識這兩個老師是誰。只見兩位女士相當生氣，看我不解釋就說沒關係，要我待會兒到校長室去向校長解釋。她倆回頭看了我，見我還是兩眼盯著不吭聲而感到很奇怪，八成覺得我被嚇壞了就微笑高興地離去。然而，我並沒有被嚇壞，因為我連去校長室都不打算去，獨自一人就繼續在校園內亂晃。

沒過多久就傳來了廣播聲，叫我到校長室去。

聽完了廣播之後我還是沒去，心想著校長才沒時間管這種告狀的事情，不需要多久的時間馬上就會被另一些重要的事情給遺忘了。況且我捉摸著那兩位去告狀的女士們到完校長那邊之後也不會再回去打擾校長，這兩個人更不會知道我有沒有去過校長室。我緊張了頗久，直到放學之後都沒再聽到任何關於我的廣播了，這下才放下心中的大石頭。

這件事讓我思考了很久，因為我必須要有個權宜之計。後來的每一次點名，我都會起立了，雖然我還是拒絕講話但至少我需要表示一些什麼好讓老師們有個台階下。若被叫到了而不回答，這些老師們只會惱羞成怒，因為她們會感覺到自己的權威正在被學生挑戰，只會讓事態嚴重化。我並不是要來學校挑戰什麼權威和底線的，我也不是來學校專門無理取鬧的，只是我必須採取一點動作好避開我不講話的衝突，至少我找了一個折衷的方法。就這樣我開始習慣了站起來回應女士，不過我不會講話，我只能站著祈禱她們會自認倒霉，叫了一位不知道答案且不懂得英文的外籍學生。持續如此，我就發現自己已經越來越不那麼顯眼了，我這位外籍學生開始被剔除在每科老師的點名對象外。她們也自動地不會來叫我回答問題，讓那個帶著箭頭指向我的焦點慢慢從我身上移開了，我也比較自在許多。

話說回來，那天毗加耶拉克許米女士無非就是來跟我作對的，她拿著我給胖子的紙條不放，稍微提高了聲量對我指責：

「你的地理考卷寫得很好，可是違規用了紫色的筆你知道嗎？」

我看著她，面無表情。

「聽得懂就回答，可以用英文寫文章卻不回答師長，是在耍我？」

女士的語氣愈來愈可怕，但我也只能微微地笑著應付一下。

我看女士她越來越不爽的眼神，頓時一陣寧靜，她狠狠瞪著我，似乎在思考要出什麼招數來對付我。兩邊陣容就這樣安靜地互相觀望著，她憤怒的緊瞪著我好長一段時間，似乎在學我。我想總要讓她發洩一下不然這種尷尬場合我有點不太適應。於是我見她不再發言就自行的坐下位子上，這個舉動大概是正中了她的穴道，她立刻對著我大聲咆哮：

「誰叫你坐下！？膽子太大了！」

全班瞬間鴉雀無聲，胖子跟瘦子想幫我緩頰但或許因為害怕就打消了念頭，恭敬地在位子上保持肅靜。

於是我又站了起來，因為這種被她一直瞪著的感覺讓我很不適應，她或許是在學我，但她終究不是我，所以我只需要做幾個舉動就能馬上讓她再度開口發話，然而在我身上我自己卻辦不到，我終究找不到讓自己開口講話的方法。

她非常生氣，似乎要我一直站著上完這堂課。胖子因為稍早幫我插嘴反而在下課後被她毒罵了一頓。胖子人很天真，所以下課時他似乎不受影響地開著玩笑跑來跟我說：

「哈！女士剛剛說我是你的發話筒。」

毗加耶拉克許米女士似乎並沒有要放過我的意思，下課之後她走向我來，要求我放學後到班導那邊去一趟。這次就不得不去了，因為母親被叫來學校了。

我匆忙趕去，一進教室就看見兩位女士站著不斷地在跟母親解釋我在班上的情況。她們主要是在強調我在學校不說話的問題，只不過這種話母親似乎已經聽了好多次了，八成在這邊有很多人來過，向母親告知我不講話的事情。因此，母親希望由我自己跟老師們解釋。

我不太清楚問題出在哪，因為我自己也不了解為什麼自己不講話。左思右想，我只想到我跟班上的同學相處上算是沒有大礙，跟胖子和瘦子在交流上也很融洽的，他們也習慣了我缺席的聲音，在老家教或在家中我也依然會跟弟弟喋喋不休的說話。然而這並不妨礙到我們之間的關係所以我只是覺得不講話是一個一點也不嚴重的事情，無非這問題就出在我跟女士之間而已。

其他的女士都還滿和藹可親的，但這兩位女士比較強勢了一點。當我把答案寫在紙條上給她們時，她們往往不會接受，因為她們只能接受對方用講話的方式來回應她們。像我這種明明可以說話，卻用舉牌的方式來答覆她們，她們會覺得相當愚蠢。顯然地，我不是啞巴，所以她們無法接受我用這類非話語性的溝通方式來跟她們互動，或許這真的是個該解決的問題，只是一直到現在，只有當她們倆強勢地讓我正視這個事情時，我好像才會有那麼一點感覺好像其中確實有什麼問題。有的時候，我會撿一些不要的紙箱，並用刀子把它切成大張的看板紙片。我會把女士問我問題的答案寫在大紙片上，然後舉起來給她看。後來我才知道她們私底下認為我這種舉動是很愚蠢的行為，我也感到相當懊惱，所以不再用這種方法來向女士們回應，說到底我確實覺得我有一顆積極參與課堂交流的心，但是因為無法用說話的方式來溝通反倒讓我變得愈來愈強硬，最後就這樣跟家長一同站在教室裡頭，等著被收拾。

我記得我尊敬的老家教曾經為了相關的事情私自出面到學校試圖幫我向

這些女士們溝通，不過似乎都沒什麼作用。在這兩位女士的面前，我依然可以很自然的和母親講起話來，而站在對面的她們也頗感意外，或許這是她們第一次聽見我的聲音。為了這件事，我也在當時答應了女士我會開始開口說話，但我實在不確定這種答應我做不做得到。很奇怪的是，連我自己都希望並鼓勵自己要能開口在學校裡說話，這是個發自內心的東西也同時讓我更加的納悶。

///

一個學期過去了，經過四、五月那漫長又炎熱的暑假，這時我也快要升七年級了。在返校的日子裡我走在紅寶石大樓的一樓大廳往新教室邁進，這一次我告訴自己我一定要開口講話，不能夠再像以往那樣讓沉默代替我現身。

新的學期學校依然會有新的事情，安達爾私校不斷地在往馬德拉斯園區的空曠地方擴展，開始往內部蓋上許多新的教育大樓。但跟往常一樣，車子從大門進入，都一定要繞一圈對面的叢林再轉到紅寶石大樓，學生都在這邊下車並從這裡進到學校裡。我走在一樓大廳正要上樓時，遇到胖子跟傑維修，他們一邊聊天一邊走了過來。胖子似乎又更加地胖了一圈，他的體積已經快成兩個瘦子的平行面積了。我開始倒吞口水，因為這一次一定要開口跟他們說點什麼，反正只有兩個人，我覺得可以先從胖子開始講起話，之後再逐步習慣起這種溝通模式：

「好久不見。」這應該是我兩年多來第一次對胖子說話。

「什麼！？你說話了！」他非常興奮，像中了大獎一般眼睛睜得特大：

「你知道你現在在說話嗎！？」

「對，你們好嗎？」

「第一次聽到你的聲音！」

「是啊。」我很努力的維持這種講話的不適感。

我們走在樓梯間的轉角處，正背著書包往上層樓走。我就在這樣短暫的路程中試圖保持自己跟胖子和傑維修之間的對話。不過很快的我能感覺得到有一股力量，非常強的在排斥著自己說話的舉動。我開始越講越少，尤其是在接話之間只要有了幾秒的沉默，我就能感覺到沉默正迅速地把我併吞。我開始沒有了開啟話題的能力，直到沉默現身並非常強勢地把我的對話功能給封鎖住，使得我只能以是非對錯的簡答免強地維持自己回答胖子跟傑維修的話題。然而我能很清楚地明白這是我的意志，它正在幫我死撐著，逼自己繼續維持我想說話的意願！

當我們進教室之後，大家把書包放在左手邊窗戶下的地方後各自回座。胖子跟傑維修趴在我的桌前，要大家來看我正在說話的樣子。我想完了，一瞬間我就像被沉默緊抓著脖子，完全無法再發話。胖子和傑維修也覺得奇怪，怎麼問完我我又開始不講話了。

可惜的是我在這間學校就沒有再講過話了。

///

過了幾個月，有一次我輕鬆地隨意走在學校三樓的走廊上，走進一間很大的體育場，那個地方有點類似室內桌球場，只不過整間教室的桌球桌都像一個蘿蔔一個坑似的擺滿整個場地。兩個人一隊卻不是在打桌球而是坐在桌前下著西洋棋，原來是個西洋棋社團（西洋棋現在正名為國際象棋）。我頓時就像杜象[28]一樣的忽然一頭栽了進西洋棋的世界。本來課後的我都會跟胖子和瘦子出去遊玩，現在他們發現我整天泡在西洋棋社裡跟人在下棋。

我特別喜愛這個下棋的活動，棋局類的遊戲包括跳棋、象棋和圍棋我都樣樣精通。在下棋的時候我不需要跟別人說話就可以透過棋局的對弈來跟對方交流。有的時候，高大的印度人坐在我對面跟我下著西洋棋還會跟我說點話，教我一些開局的定石技巧。他們都比我高大，因為在內部下棋的人都是九年級或十年級以上的。我在裡頭是最嫩的，因為我不是受過訓練的西洋棋社員，但我們有一點是相通的，就是我們的文化裡都有一副自己的「象棋」棋類遊戲史。中國從早期的戰國時期開始慢慢形成所謂的中國象棋，但印度也有一套從早期孔雀王朝和笈多王朝發展起的古印度象棋：恰圖蘭卡（Chaturanga）。也有一說恰圖蘭卡是「象棋」的鼻祖，後來在古印度當地發展起來，大規模成為一種泰盧固象棋（Chadarangam）各往西部波斯和東部的東南亞延展，當今的日本將棋、泰國象棋有淵緣自此。就我所知，據他們講述在早期的史詩文獻《摩訶婆羅多[29]（*Mahabharata*）》裡頭就已經有這種類似王將、戰象、步兵、戰車等的棋子兵種了。而很有趣的是他們有些人還習慣地把「王」以當地「羅茶（raja）」的詞義來唸，因為「羅茶」就是他們指「王」的意思，類似我跟父親在家裡下象棋時，習慣會有「將帥」的唸法。或許因為他們是高中生，所以對這些東西比較了解，他們也向我表示「恰圖蘭卡」在梵文裡其實是指一種古代印度在戰場

---

28 杜象，**Marcel Duchamp**，一八八七至一九六八年，是一位在藝術史上著名達達主義代表的美籍法裔藝術家，主要透過「現成物」的概念翻轉視覺和語言，影響了二十世紀藝術的表意系統。藝術對於杜象而言是無所謂的存在，他認為作品的概念是更為重要的。在一九二三年到一九三五年期間他轉而迷上西洋棋，藝術對他來說並不是全部，而是普通的生活。雖然杜象是業餘棋手但他非常專精並曾參加上多次的西洋棋國際大賽。

29 摩訶婆羅多，是印度兩大著名史詩的其中一部（另一部為《羅摩衍那》）。講述兩族：俱盧（**kaurava**）和般度（**Pandava**）爭奪王位的紛爭故事。此部史詩觸及的面相非常廣，除了宗教習俗之外，在作戰、治國、王族、神祇個性刻畫上多有涉及。此部經典同《羅摩衍那》傳至東南亞諸國，甚至影響諸國等文化。

上的陣型，如果直譯的話是「四柱式」的意思（也是一種著名的四肢正面貼地支撐身體的瑜伽姿勢），分別以步兵、騎兵、戰象兵和戰車兵組成為一師的單位分佈在不同陣型裡面，古稱「阿克修訶尼[30]（akshauhini）」。這個印度象棋或古印度象棋是有差別的，雖然都很接近西洋棋的玩法但在印度象棋裡，兵是不能像現在的西洋棋那樣開局可以走兩步，所以我一直在下的西洋棋都是那種開局只能走一步的，直到我到了泰國西洋棋社遇到了西方人才打破了一些規則上的概念。中國象棋就比較特殊，裡頭有一個「砲」，這個砲兵可以橫飛過子去取敵人的棋子，如果要比較仔細看待的話，「砲」在印度象棋跟西洋棋當中會屬於比較少見的一個兵種。

我通常看見有些人坐在桌前缺對手，乾乾的望著別人在下棋，於是我都會上前與這些人對弈。只是這樣子讓我經常輸棋，那種滋味不好受呢。我發現那些我找的對手似乎都不太有人會去跟他們對弈，這個原因其實很簡單，就是他們太強了。他們會用很專精的「印度防禦式[31]（Indian Defense）」來對付我，我後來也跟他們學了很多的印度防禦式開局走法，其實還有很多如后翼印度防禦（**Queen's Indian Defense**）以及當時滿受歡迎的尼姆佐印度防禦（**Nimzo-Indian Defense**）等等，養成我日後在下中國象棋和圍棋的時候，對方都會形容我是一個防禦型的棋手。但過沒多久的時間我就不再去那間西洋棋社了，因為我印象中好像在那裡從來沒贏過棋，很沒意思。父母說印度人的西洋棋特別厲害，我也是見識到了，或許源自於他們奇特的古印度象棋或天文學的數理邏輯方式，他們特別精於計算。

就說乘法表，這比我以前在中正國小所訓練得更為精湛，只記得我當時小學的時候每天很痛苦地在背九九乘法表，令我啞口無言的是我金奈同班的人都能把乘法表背到十九乘十九路，可以說是整個圍棋棋盤的網格數了，這使得我每次在面對他們算數上頗感吃力。後來，我從一位和我一起上老家教補習的

30 阿克修訶尼，**akshauhini**，指一種在文獻史詩《摩訶婆羅多》裡的部隊，一般認為這比例是一個戰車、一個戰象、三個騎兵配五個步兵，這種比例分配也影響了古印度象棋棋局中該棋種的棋子分配數量。

31 印度防禦，**Indian Defense**，開局的時候，對方白棋走 **d4**，己方黑棋會走 **Nf6**，也就是先出「馬」的攻防。

印度小男孩身上驚覺到他們一開始就在背十九乘十九路的乘法，我通常都會有點羞於見人，因為我連十二的乘法都背不好。在班上有的人甚至能背九十九乘九十九路的乘法，這個怪物般的人物就是瑪納斯（Maanas）。他來自北方的旁遮普地區，印地文是他的母語，他是班上的問題人物之一。他通常裡著一顆平頭，並會在印堂處畫上紅色跟白色的宗教符號，老是含著自己的大拇指在角落裡自言自語著。

他患有較嚴重的亞斯伯格症而特徵明顯，他無法分辨一些是非之事，經常受人欺負。從他的言語之中就能夠感受到不尋常，尤其是他講話的時候都一直用一種平聲，像機械一般的感覺在發音。我常見他躲在角落裡吃著自己的大拇指，有時候會自言自語的用比讚的手勢往空氣的方向刺去。他是個天才，班上唯有他數學最強，不管我怎麼考他，他總是能在一瞬間用平聲的機械語氣把數字一連串的像電腦一般不斷重複地講述出來。

瑪納斯還有一個異常的星期計算能力，他雖然有不小的社交障礙但卻能精準地講出某一指定日期是在哪一週。

這或許印證了印度某方面對占星術和天文學相關的數理計算能力。我只要一有機會就會考一下瑪納斯，我就是不信他能夠如閃電般的電腦計算速度知道某一年的日期是星期幾。於是我就趁他剛忙完，等他把他的白米糕（Idli）吃完走向洗手台要去洗手時，我便趕緊尾隨過去。在他洗完手時我快速的遞給他一張寫著：「二〇四九年七月二十七日是星期幾」的紙條，他懵了一下後回過神來說：

「那天是星期二。」

我頗為訝異，沒想到我去查這麼久的東西（當時還沒有智慧型手機）他能在一秒之內以反射動作一般解決。我又給了一張王牌，上面寫著「一二一四年七月二十七日」，他又看了一下用機械般的語調說：

「這天是星期天。」

說完他似乎異常興奮，便開始跳起舞唱著歌好像他獲得勝利似的。我一把抓住他，我又再寫了一段話給他，我問他怎麼會知道這些，他笑著回我說：

「這是神給我的禮物。」

神的禮物。

真是一個很好的答案。

某一日，我跟瘦子在幫新來的一位殘障同學黎夏推他的輪椅，正要帶他下樓搭電梯時，忽然間就看到瑪納斯在教室打了毗格樣（Vigyan）一巴掌並咧嘴笑著。情況似乎滿明顯，瑪納斯有點不太穩定，或許是開始有些發作。一旁的問題學生傑維修上前在瑪納斯的臉上狠狠地揍了一拳，不過相反的應該就是這兩人剛剛在刺激他。只見瑪納斯依然笑逐顏開的，在一陣靜止之下，他突然拿起別桌上半公尺長的鐵尺往玻璃窗上打，瞬間玻璃碎成滿地爆裂開來，飛濺到教室內的其他同學，導致班上一陣喧譁。瑪納斯雙手流血從一個滿是玻璃碎片的窗子跳出來，像逃跑一般的動作，喜眉笑臉地奔向樓梯口來了。瘦子大聲問他，瑪納斯笑著大聲回說他想回家！傑維修和毗格樣見狀之後懵了，雙雙哈哈大笑起來，因為瑪納斯想逃跑不選擇從一旁的門跑出去而要如此戲劇性的打破窗戶逃脫，實在是多此一舉。就這樣瑪納斯被學校索賠了一萬五千元的盧比，並被學校禁足了整整一週。

或許神帶走了他身上某些東西，但同時也把另一邊的東西當作禮物送給了他。

往後瑪納斯一路讀到十二年級，並以班上最優秀的成績畢業。

同樣患上疾病的還有黎夏，他是一位坐著輪椅的男生。他本身患有腦癱（Cerebral Palsy），因此在智力、溝通和行動方面多有障礙。這種被大家遠離的同學經常成了跟我較好的朋友，包括瑪納斯，只不過瑪納斯實在是難以用正常邏輯進行交流，連我都感到難以與他正面溝通。這話又說回來，我想其實我在大家的眼裡也算是個怪人吧，平常有些暴力又完全地不說話的，也許我也是一個被正常人歸類在問題人物的名單中而已。

曾經有一次黎夏的生日當天，他拿著一袋進口的巧克力來班上，他想發給大家順便慶祝一下自己的生日。惡劣的傑維修，他個性頗壞，見狀後就趁黎夏雙手在推行自己的輪椅時，上前搶走那包巧克力便拋往右邊的窗戶外。那整包巧克力估計就這樣被遺落在學校外頭的雜草堆當中了。

黎夏見到這一幕相當火大，哇哇地大吼，因為他患有腦癱，他的嘴巴是無法閉合的，因此會一直張著嘴巴並有口水等汁液不斷流滿他胸膛上的制服。在這樣的狀態下，他幾乎無法準確的發音，這使得黎夏講的話都大約是「哇哇」的發音。這種不準確的發音雖然一般人聽不懂並也不想要聽懂，但對我這個不講話的人倒是非常清楚，班上少數只有我能辨識出他想表達的意向，所以他一直都記著我。

很多時候我是無能為力，我知道黎夏想表達的意思，但礙於我只能以文字的方式進行溝通，在網路和智慧型手機還未普及的年代裡，面對正面說話的形式，文字只是一種極弱的發聲，根本幫不上什麼忙。於是我時常都改採暴力的方式去跟這群人幹架，來得比較有效率。

這一次比較嚴重，黎夏被傑維修欺負之後還被他打了頭。黎夏非常憤怒，作勢往傑維修腹部身上打，然而傑維修笑著並迅速跳開，似乎在玩鬧他。接著，不是很客氣地我拿起桌上的飯和湯汁往傑維修那邊砸去，大家見狀之後一陣肅靜，但目光全都轉往傑維修和黎夏。只見黎夏瞬間大聲哀嚎倒地，因為似乎傑維修狠狠地踢了他一腳。這時胖子和法爾詹都從教室外頭急忙跑回來，瘦子後續也進了教室查看情況。事後才得知原來黎夏因為腦癱的問題，雙腿無法行走，是剛開完刀做完腿部手術才返校上課的，因此被踢了腿部的黎夏才會如此撕裂地哀嚎著。不可知的情況接著出現，這時瑪納斯迅速地上前奔來，嬉皮笑臉地在我們跟黎夏面前潑了一大桶水，把我們眾人全部澆濕。我傻了眼，完全無法判讀他這個人在做什麼。正當我怒髮衝冠，準備作勢要打他時，他不慌不忙地開口用機器般的語調說：

「瑪納斯在幫黎夏降降溫。」

說完，他又跑到角落對著空氣嘻笑著玩。狼狽不堪的我們不追究他，接著我跟胖子和瘦子三個人決定把這件事情告知一位比較嚴肅的老師：瑪黑蘇瓦莉女士（Maheshawri mam）。她是我們的數學老師，我對她特別的敬重，也滿喜歡這位老師的。瑪黑蘇瓦莉女士身材不高，經常身穿銀灰色的紗麗，有著一眼很銳利的眼神。雖然傑維修因為這件事被退學了，但女士似乎對我特別留意。其中一件主因就是我不講話的問題。

我在班上跟不上女士教的數學進度，因此在母親的安排之下，我每週二跟四都會在課後短暫地留下來跟瑪黑蘇瓦莉女士做數學的輔導。雖然很短暫，但敏銳的她很快地就發現了我的狀況，顯然她看到的不是我的數學問題，而是那個更深的「問題」。

某一日下午在課後輔導的時候，她問我為什麼那天跟胖子他們一起來告狀時，我都不發一語，問我事情也都避而不答的。因為她發現我在這邊一個人上課的時候就會對她說話和答話。瞬間我也覺得頗為奇怪，但我感覺到這是個敏感的問題，我便不太想回答她。我自己也滿訝異的，在只有兩個人的課後輔導當中，我能很自然的開口去跟對面的女士交談。難道是因為是她身為輔導老師的特別身份才使我比較能夠說起話來，還是說是因為在這種人少的場合裡，我相信這位老師不會去向其他學校的人大肆宣揚我開口說話的事，於是乎，出於類似信任的訊號，或者類似可以保護我的秘密和尊嚴的關係之下我才開口講話的，我自己也打上了個問號。

我想了一個比較感性和一個比較理性的假設提供給自己做合理的判斷，可是我卻還是感到無解，正如我眼下桌前的這道數學題目，我改變了話題開口詢問起：

「女士，這個除法我不會做。」

女士似乎察覺我在轉移她的話題，她也並未多說什麼但似乎被她放在了心上。她開始示範解答除法的算法。印度人最自豪的就是他們發明「0」的概念，這也是為什麼印度人會如此崇尚出自《吠陀》聖典文獻的內容物。因為「0」的概念正是從這古老的《吠陀》裡延展出來的，外加他們對占星術和天文學皆有一套自己文化的運算邏輯，故此把這些運算方式結合在數學計算上簡直如魚得水，易如反掌。尤其像是「0」這個東西，主要能夠發揮在十進位的記號上，更方便他們在進位計算、開根號和代數的掌握上。瑪黑蘇瓦莉女士示範了一個不同於以往的除法，似乎好像大家都在用這樣的方式在算除法。這跟我以往用「ㄏ」的符號相似，但相除的數字擺在不同的地方，女士用了「川」的符號，也就是總共會出現三到四縱列的排列。這個方式有些複雜但熟了之後就滿上手的，尤其是運用在小數點的除法上很吃香。

我雖然因課後輔導的關係，逐漸地可以跟上班級的數學進度，但「那個問題」似乎未能讓瑪黑蘇瓦莉女士有個合理的解釋。下一回我下課之後走進了她的輔導教室，聰明的瑪黑蘇瓦莉女士並沒有像我預估的一樣，她可沒忘記這件事，從她那銳利的眼神就能看出她充滿著戒心，似乎注視著我的同時也在盤算著什麼似的。

胖子在自然課會變得非常認真，因為他立志要當一名醫生，而我就會比較不專心然後一直鬧他。但當來到數學課的時候，換我會變得異常認真，而胖子就在一旁鬧我。這是因為瑪黑蘇瓦莉女士的數學課有種特別的存在感。就是這層關係，瑪黑蘇瓦莉女士於是就經常會在她的課堂上要我出來答題，以及回答一些數學題目。只不過她問了很多次，她都發現她在跟一個判若兩人的我在對話，一個啞巴的我，因為我在某種狀態下就不自覺得無法答她的話，也拒絕答話。

她起了一個很大的疑心。

這一回下課，我來到她的輔導教室準備要學數學時，她脫口講出了一個我當時還不懂的專業術語：

「你患有選擇性不語症（Selective Mutism）。」

我當時愣著看著她，因為我聽不懂這是什麼東西，但她似乎也知道一個我年齡的人不會懂，便不加做更多的解釋了。

選擇性不語症。

直到今日我很感謝她能告訴我這件事。

三

一天，阿克巴大帝睡完覺醒來時，太陽已經高高掛在天上。這時，阿克巴的頭很痛，他感到非常疲倦和不安。於是便跌跌撞撞地下了床，脾氣暴躁地打量著這個早上不是一個很好的早晨。接著，他發現這天他看到的第一個人竟然是一位恰馬爾[32]（chamar），這位僕人正忙著打掃皇帝的庭院。恰馬爾抬起頭來，看到了皇帝，然後發現自己錯了便馬上跪倒在地請求原諒。

阿克巴雖然原諒了這位僕人，但他皺起眉頭說：

「朕一天開始得真糟糕啊。」

當他穿越過自己的寢室時，他被地毯上的一個褶皺絆倒在地。過了幾個時辰，一位理髮師正在為阿克巴刮鬍子，但第一次失手刮傷了他的下巴。接著，御膳房供應的午飯忘記加上調味，因此午飯全部都是平淡無味的。

到了晚上，阿克巴心情非常不好。一位信使帶來了阿克巴一位遠房表親去世的消息，這是最後一根稻草，皇帝開始失控了，再也控制不住自己的脾氣，對信使怒吼著：

「滾出去！滾出我的視線！」信使嚇壞了。

「比巴兒！他在哪裡？！快傳比巴兒過來！」皇帝咆哮著。

當阿克巴看到他最喜愛的大臣便大聲喊道：

「朕度過了痛苦的一天！」

「今天早上醒來的時候，第一張臉看到的是恰馬爾。從那之後，一切都出事了。一切都變得非常不順遂！朕決定要處死那個恰馬爾。明天黎明就讓他掉腦袋！」

「遵命，陛下！」比巴兒回覆到，於是就離開了。

當僕人聽說他要被砍頭時，他跪在比巴兒面前懇求他。

32 恰馬爾，意指印度種姓制度當中的賤民階級，在印度次大陸上確實有這一個被當地視為賤民的社區，通常分布在北印度的尼珀爾和巴基斯坦，主要從事農業並且後來被許多人拿來當作賤民著指稱，印度法律亦不斷在更新規範禁止這類指涉性用語。

「只有您能幫我，皇上一定會聽你的！」

「我沒有錯啊。如果我死了，誰來照顧我的妻兒？」他哭著說。

「別哭了。」比巴兒扶起那哭泣的僕人：

「我會盡力救你的。放心！」

第二天早辰，天還沒亮，皇帝就起床了。他這次先做了祈禱，於是就感到精神煥發，但傳來比巴兒要覲見。阿克巴突然想起了自己下達的命令便傳喚比巴兒進來。

「那個恰馬爾已經被處決了嗎？」阿克巴有點內疚。

「一切都準備好了，陛下。」比巴兒回答道。

「但是恰馬爾一直在重複一件讓我不知如何反駁的事，陛下。」

「陛下昨天看到的第一個人是他。那是個不祥之兆，陛下度過了不順遂的一天。但昨天他見到的第一個人是陛下。他聲稱看到陛下的臉比陛下看到他的臉還更加不幸。他丟了性命，因為他昨天看到的第一個人是陛下。」比巴兒轉述道。

這時阿克巴沉默了。

「時辰到了，吩咐劊子手行刑。」比巴兒轉向士兵說道。

皇帝舉起了手說：

「等等，比巴兒。」

「我改變了主意。讓他走吧，他說得對，他聰明的論點救了他的命。」

「或者，這就是你的論點吧？比巴兒，但多虧了你，朕差一點犯下了不該犯的錯誤。」

於是阿克巴大帝赦免了這位恰馬爾。＊以上故事是阿克巴與比巴兒具諸多版本的民間故事之一。

又是一段我非常喜歡的少年比巴兒的故事，我正坐在老家教公寓裡的餐桌上補習。阿克巴與比巴兒是印度當地有名的民間故事，因為通常都會涉及到一些古印度的社會陋習，比巴兒永遠象徵著啟蒙的角色，而阿克巴經常會短暫地身陷在這泥濘的泥沼當中，但在比巴兒的理性主義之下，皇帝轉而開明了起來。

老家教是一位年邁的南印度人，她已經是花甲之年了，我都叫她阿暇（Asha）。她體型非常肥胖但並沒有像我的好友胖子那麼魁梧。她特別喜愛吃印度傳統的點心，像萊度[33]（Ladoos）和玫瑰蜜炸奶球[34]（Gulab Jamun），所以難免體態會比較臃腫。有時候我們上課前，她還在前門旁的廚房裡弄吃的，所以每當我跟弟弟剛進門，都會聞到一股很香的奶油酥油味。接著，就會看見她像企鵝一般的步伐走出來，手上端著一顆顆小球，不是萊度就是炸奶球，但我難以適應炸奶球，因為實在是太過於甜膩。這時她都會端出兩杯熱的印度奶茶解膩，裝在一個比手掌還小的鐵杯裡，只是我感覺根本沒有解到膩，因為她調的奶茶實在是甜得犯規，難以吞嚥。

她是一個喜歡美食的老人家，有一次她向母親詢問起關於我們中華料理的小吃，希望拿點好東西來交換。母親當時都是在暑假期間，四、五月返台並把台灣的東西扛來金奈。因此我們在金奈對台灣的物品非常珍惜。母親後來給了阿暇一包在台灣買的冬粉。阿暇相當驚奇，因為他沒看過這種透明的東西，印度料理中似乎也很少有這類的食品。於是她頗開心，一邊收下一邊晃著走進廚房，搖擺著頭說過幾日會煮來嚐嚐。

過幾日，我跟弟弟在門口脫著鞋，正進去準備補習。她苦著臉說母親的冬粉平淡無味，吃起來乾乾的，我心想她一定又沒按照母親建議的方式去料理。果不其然，她煮錯方式但她突然表情一變，笑著臉並瞪大雙眼說後來她發現這個冬粉要加糖漿會非常好吃，希望下次我們返台幫她多買幾包。我愣了一下，想說這種吃法我似乎無法接受，老家教就愛甜的東西，這種方式都能料理得出來，令母親也相當意外。

老家教阿暇的公寓離家裡很近，我常跟弟弟會在下午的時段（印度學校

33 萊度，又稱 Ladoos 或 Laddus，是一顆顆小圓球狀的黃色甜點，通常用麵粉跟酥黃油及糖製成的點心。

34 玫瑰蜜炸奶球，Gulab Jamun，圓球體狀，有著深棕色並且常會泡在糖漿中，以乳固體（khoya）製成，吃起來軟綿綿並會擠出糖漿水。

兩、三點放學）步行走去她家補習。

從蘇教授的路走出來，左轉瓦蘇路（Vasu St.）的中間轉角都會有一個頗大的椰子攤。是一位年輕的印度少年手持砍刀把那條路推滿了一地被他剖開丟棄的椰子殼。弟弟每次都會買一顆來喝，所以我們會一人買一顆。我記得椰子汁很便宜，大約十幾塊盧比，我跟弟弟每次上課前都會請他剖兩顆椰子，他會插根吸管丟給我倆兄弟。我習慣邊走邊喝，但弟弟每次都要求喝完要吃裡面的果肉，因為要吃果肉通常要喝完給他處理。不過另外有一種方法，就是多加一點錢，他可以把果肉跟椰子殼分離，把白色果肉連同裡面的椰子汁削好給弟弟。於是我們邊走邊喝，當作消暑的飲料走去補習。

拐個彎，會走到藍登斯路上（Landons Rd.），這條路一直走下去就會到阿暇的公寓。不過每一次都會經過一間印度教寺廟，寺廟不大，是一個長條形的建築橫蓋在藍登斯路旁。這間寺廟看起來像普通的房子，房子漆成淡藍色跟紅色的外觀，每次經過都可以聽到裡面在誦經（印度人稱作「sutra」）。

此廟供奉著一尊男性神祇：阿亞帕[35]（Ayyappa），據說是濕婆神化身跟毗濕奴化身的神祇：魅力之神牟恆尼[36]（Mohini）的孩子。廟方說信奉和禮拜阿亞帕尊神可以消災解厄。阿亞帕是位年輕英俊（有一說是未成年）的男性，祂經常被形塑成英挺身姿，手持弓箭並騎在老虎上的形象。因為祂是力量、勇氣、自制跟獨身之神，就老家教阿暇所言，阿亞帕是一尊屬於地方南印度的神祇，而且祂的信眾也侷限在南印度（喀拉拉邦、泰米爾納度邦或馬來西亞）。然而據她敘說，這尊神祇在前幾年前有許多爭議，其中一件就是某些阿亞帕相關的寺廟，尤其是薩巴里馬拉寺廟（Sabarimala Temple）會禁止年輕女子進入禮拜，而且似乎前年還被地方政府合法化。這種性別偏袒逐漸造成許多性別平權人士的關注，諸多原因來自阿亞帕尊神所屬的「梵行」修為（Brahma charya）。

35 阿亞帕，曾有一個傳說指南印度潘達拉國王在森林中撿到一個嬰兒。國王感到困惑去求見森林中的苦行僧，苦行僧告知他十二年後待嬰兒成年便會知曉。於是有一天嬰兒長大準備要被封為太子時，遭朝中大臣算計要他去取老虎的奶，這男孩神通廣大以騎著老虎的方式回來，國王才知曉他應該是某神仙下凡，故為他造力廟宇，他才以阿亞帕的形象現身。參考自《印度諸神的世界》。

36 牟恆尼，在南印度的神話故事當中，是濕婆愛上了毗濕奴的化身，即牟恆尼女神。

圖為筆者攝於藍登斯路上的阿亞帕寺廟。筆者提供。

這種「梵行」跟苦行滿類似的，是對個體能夠完全地自我約束，有效地掌握自己的身心的法門。相當於透過濕婆神那種禁慾主義和苦修的模式在修行，但「梵行」有被視做放棄婚姻和性，而達成所謂「無性生活」與禁慾帶來的貞潔，稱作「獨身」（celibacy）。因此，在阿亞帕這位少年男子的修行背景之下，導致許多傳統信仰人士禁止那些達到生育年齡的女子（也就是年輕女子）前往參拜，因為他們認為這些女子會影響到阿亞帕尊神的梵行，造成該尊神的不敬。這樣產生了社會之間性別爭議的嫌隙，此事件在印度以外的任何早期宗教社會都容易出現。早期的人們，比方說中世紀，本來就是生存在一種宗教習俗的群體當中，個人意識幾乎是不存在的。大部分的情況下個體都是遵從著民族、家族、幫會等等的集體形式。在啟蒙的時代意識還未覺醒之前，個人意識都受到宗教信仰的制約，並且服從單一或多種全能的神或上帝。只有當各地的啟蒙意識萌芽，才有可能造成一個民族或地方產生文藝復興式的自覺。

在印度當地，要一直待到泰戈爾的時代背景才會出現關於女權主義、性別平權以及宗教改革的事發生，在這之前相關案例皆為少數。

圖為印度小型神祇擺放型態。圖授權 / sergemi

不過話說回來，我每次經過的時候，還是會合掌參拜一下這尊神祇，不然覺得自己經過阿亞帕而不參拜一下有點不禮貌。因為這尊神鎖在一個面對馬路的鐵籠窗戶裡，人們經過祂都是正面對著你的。不過弟弟時常會跟我說最好不要亂拜，因為我們也不曉得這是什麼樣的神祇。

我在意的是很多金奈一般的寺廟常會設計一個放在類似建築側面窗戶位置的空間，朝著馬路外頭，並用像鐵籠一般的東西把神像關在裡面。有的時候神像會擺在靠地面的位置，要朝拜的話，廟方人員會把鐵籠打開，像窗戶的鐵窗一樣，信徒這時會把鮮花、檀香粉或牛奶等供品供奉和圍繞在神像上。

不管是跟金奈城市字源相關的佩魯瑪爾（Perumal），橋下的卡魯卡塔或是這路旁的阿亞帕尊神都有非常強烈的性別指向與相關的權利，但我反倒覺得神明應該是無性別的。雖然佛教跟耆那教共同塑造了我的宗教觀，我還是覺得印度教稍微複雜，令我不知該如何面對。

某日下午，我和弟弟在阿暇的公寓裡補完習，天快黑了，我們正準備收拾筆記和書本要回家去。忽然間阿暇從她的寢室走了出來，她摘下那副灰塑膠的老花眼鏡，瞪大雙目看著我和弟弟。我心生恐懼，想說是什麼事情發生了她要如此驚恐，下一秒她卻對著我們說：

「今晚的月亮，絕對不要抬頭看，會不吉利的！」

「為什麼？怎麼了？」

於是她拿出了一疊古老破舊的經文紙，印著泰米爾文，她說：

「今晚的月亮會通過一個星座，是危險的，最好不要去看。」

「好的。」

「記住，千萬不可以看月亮喔，懂嗎？」

雖然矇矇懂懂，但我在回家的路上還是抬頭望了一下月亮，那月亮非常巨大並格外的明亮。

我也抓不準到底是什麼原因不能看今晚這麼漂亮的月亮，直至今日我都不時想起是不是自己看了月亮，導致了許多壞事發生。

印度的吠陀天文學跟占星術很喜歡計算星座體系，以及星球跟月亮有什麼之間的關係，時常我聽著瑪納斯或阿暇在講述這項「星空部位」的故事，好像一種天文的藝術，相當神秘又奇妙。據阿暇所述，古典吠陀有多達二十顆星座（約二十八），而不像一般的黃道十二宮或紫微斗數裡的十四顆主星。也有一說，在印度的家庭，在自家的家門外的地板會畫上「柯藍」（kolam），我經常在房東的家前都可以看到美麗精緻的「柯藍」裝飾，這些具保護性跟象徵性的符號代表著吉利和星座天體的方位設計（說法不一）。尤其南印度的泰米爾那度邦，在天還沒亮之前，家戶會誦經並用水清乾淨家門前，通常是女性拿著米穀粉（蓬萊米粉）或天然色粉滴灑在地上畫畫。有點像沙畫的方式，沿著他們制定的裝飾圖案畫出來，面積通常都滿大的，而且這些米穀粉又能供給鳥類、昆蟲和其他小生物，類似普施眾生的宗教觀。

我不清楚美國抽象表現主義畫家波洛克[37]（Jackson Pollock）的「行動繪畫」（滴畫）是否有接觸過印度的「柯藍」裝飾，不過我倒覺得這些懸空舉著色粉，把地面當畫布從旁不斷移動撥灑的女性，透過點和線兩種單一元素組合圖案，才正是「行動繪畫」的發端。就印度瑜伽的觀點，「柯藍」的製作通過

圖為柯藍 kolam 的裝飾。圖授權 /gnaistock

身體的彎腰、伸直手臂和環繞位移可以促進運動和調整呼吸，因為繪製一個「柯藍」要很有耐心並耗時好幾個小時。它跟天文有點關係的地方在於「柯藍」繪製要有滿好的數學算能力，尤其座落在地面空間的丈量和計算所需的點跟線。總而言之，「柯藍」是一個古老傳統的習俗，現在大部分都用作於特定節日。然而印度教把這個視作吉祥的徵兆，可以給家戶帶來好運，因為跟印度教的吉祥天女：樂濕彌[38]（Goddess Lakshmi）有關。但也有一說在泰米爾那度這種岸邊城市的居民（如金奈）早期會排列跟星座天體符號相關的「柯藍」來協助航行，而據說獵戶座跟獅子座也象徵著濕婆神。

除了「柯藍」之外，印度的傳統家庭婚姻，雙方會依照種姓也會去看星

37 波洛克，一九一二至一九五六，是抽象藝術的代表人物，亦是美國抽象表現主義的代表畫家。以其獨創的畫法把畫布攤在地上，以畫筆不碰觸畫布的方式，沾油漆懸空滴灑在上，取消了「架上繪畫」的慣性。身體彎曲並會不斷要移動（或舞動）於畫面的四周，因故被稱為「行動繪畫」。

38 樂濕彌，吉祥天女，傳統上是毗濕奴的妻子。一說在乳海攪拌的故事當中，毗濕奴幫助了天神取得甘露，在乳海攪拌中找到吉祥天女並選其作為妻子。亦有一說祂化身成《羅摩衍那》中羅摩的妻子：悉多。

座有無相互匹配，很類似於台灣傳統的八字。

關於婚姻也有一段故事，一天陰雨的下午，我和弟弟步行到阿暇的公寓補習。剛拉開那破舊鐵欄的電梯出來，看見她家的門是開著的，似乎預計著我們要來，因此開著門暗示著我們可以直接進去的意思。不過進門後家中全是暗著的，厚重的窗簾遮住著傍晚的陽光，屋內散發著酥黃油香和燒香拜拜混雜的味道，令我感到相當沈寂。我和弟弟敲敲地入內，有些不知所措，怕打擾了她老人家。過了一會兒，阿暇緩慢地從寢室搖晃著走了出來，似乎剛剛在睡覺，也沒跟我們打招呼就憨著姿態晃去拉開落地窗的簾子，再走向沙發旁的牆，打開電燈。

這一幕讓我感到沈寂，因為有好多次我都沒見過阿暇的丈夫，曾經見過她的兒子，在渣打銀行上班，她經常講到她的兒子可卻從未提起過她的丈夫。每次看她孤零零一個人在暗沉的家裡待著，許多消極感湧現我的心裡。

這一天上課，我詢問了她關於丈夫的事情，她解釋到她們很早之前就離婚了。或許因為我跟弟弟對她來說只是個小孩，她似乎比較願意提起一些她很少跟外人提起的心事。感覺是藏了很久的東西，把心裡的話講出來似乎使得她變得很感性。我也不懂得如何回應這類議題，婚姻對我而言也是很遙遠的事，但為了讓她覺得我們有在回應她，於是我就跟弟弟很有默契地輪流問起一大堆的「為什麼」，藉此讓她用解答問題的方式使得理性可以滲透出來。

回歸她老師的身份，漸漸地她脫離了那攤深邃的海水，從過度感性之中慢慢恢復正常帶有肯定性的聲音。

從此我跟弟弟也發覺到，原來當地的家庭還是受到吠陀文化和《法論》的影響。跟傳統華人家庭算是滿相似的，都是多代同堂和父權的家庭觀。只是當地的父權體系是雙重父權的，也就是說，只要做為一家之主的父親過世，家主會由其長子作主。這類吠陀文化影響著傳統印度家庭，因此女性在該《法論》典範的掌握下是永遠屈膝於父權的宰制。然而阿暇說到，她出身的家庭就經歷過類似的經驗，而且在南印度，她所形容的那種子女和表兄妹成婚的規矩，就是所謂的交表婚，沒想到在南印度是特別明顯的。

阿暇很多時候都不以為然，這種印度教的家庭也時常出現在我就讀的印度文學當中，包括曾提起過的偉大詩人泰戈爾的家庭亦是如此。阿暇一邊翻開我的筆記一邊敘說她對印度教婚姻的看法以及她跟兒子的一些趣事。從此之後，我感覺她的思考立場或許不全然是一位純粹印度教信徒所會產生的。這件事也令我在意許久的，每當她翻開我筆記本的新頁，都要在每頁的最上頭的中間畫上一個小小的「卐」字符號，但上頭有幾個圈點。通常我們會知道這絕對不會是佛教信仰的「卐」字，在印度次大陸，佛教信仰非常少見，佛教信徒基本上大量分佈在僧伽羅人的斯里蘭卡島上。我開始發現她有夾雜著許多另一個罕見但卻在印度次大陸上有眾多信徒的耆那教思想。那個「卐」字我一直著墨著，或許這不是單純的印度教，而是耆那教派的符號，因為耆那也使用這種「卐」字。

四

在我的印象中阿暇似乎並沒有提起過關於耆那教的任何事情，或許這只是我的猜測。我接觸到耆那教是在安達爾私校裡頭，從兩個同學：莫黑與阿鼻瑞克那邊輾轉認識到校外的耆那僧侶。這件事發生在我就讀於安達爾私校的尾聲，「那個人」一直吸引著我，不過我從來也不清楚他們指的「那個人」是誰並也從沒見到過。

莫黑跟阿鼻瑞克都是班上的耆那教信徒，阿鼻瑞克是超乎異常地虔誠，然而莫黑相對的就比較偏被動式的追隨這個宗教。莫黑是一位個子瘦小，個性安靜乖巧的人，他時常是那種自己安靜沈默的完成自己的事務就會乖乖地回家的那種人。偶爾也會跑來看我們在玩什麼，湊個熱鬧。不過大多的時間他都不會跟我們一起玩，算是個比較內向型的朋友。

阿鼻瑞克比較神秘，因為他名很長我都簡稱叫他「阿鼻」。我跟他是在一間頂樓的瑜伽教室上課認識的。他也不算是一位外向的人，平常時都是消失得無影無蹤，偶爾會看見他的出現，我們之間這兩年也幾乎沒交談過。而且我一開始非常的排斥他，我無法判斷他到底是不正經還是某種「奇客」（geek）。因為他經常到處要別人脫光衣服，這點使我對他印象頗深，尤其在瑜珈課（學校的體育課分成板球和瑜伽為大宗）經常慫恿旁邊的人一起脫光衣服做瑜伽。

有一次瑜伽課我不小心坐到了他的旁邊，我筋骨比較柔軟，在那堂瑜伽課上我很輕鬆的就能做出老師要求的瑜伽體位。在班上我也時常能把我的腿搬放到頭的後方並維持這個姿勢，大家對我也都是刮目相看因而引起了阿鼻的注意。

「你平常會光著身體嗎？」他輕聲問道。

我一臉納悶著看著他，並搖了搖頭。

「其實，如果脫光衣服更能體會到瑜伽的體位。」

在發現我沒有要理他之際，他又接著問我：

「你要不要試著脫光衣服做看看？」

聽完他一臉嚴肅並帶著正經的口吻，我無法判斷這是在捉弄我還是真的在講真話，但這還是令我勃然大怒著。自己又不脫衣服為什麼要別人去脫衣服，於是我對阿鼻產生很厭惡的印象。

過了一陣子，我們的體育課換成是戶外的板球課，雖然印度一年四季都非常炎熱，但戶外的板球課大多安排在年底比較清爽的時候到戶外上課，這也避免我時常在外頭中暑。板球是個印度人都非常熱衷的運動，比起籃球和棒球，印度當地對板球和足球是比較偏愛的，而且大家都會玩得很起勁。我對板球實在不熟悉，所以也抓不到這項運動的興趣，因此每次上體育課我就獨自一人到其他地方休息。體育課在後方的園區上課，那邊佔地相當的大，甚至還有許多未鏟平的樹林座落在附近，這使得我更能躲開老師的注意跑去別的地方摸魚。

這一天我走到附近的一塊巨石，這巨石大約有快兩層樓那麼高，然而巨石的旁邊有其他大小不一的石頭，這可以攀爬得上去，因為我想坐在上面觀望整個園區，打發一下體育課的時間。在攀爬的途中，我發現上頭有一個人已經坐在那裡，使得我有點想打消待在上面的念頭。不過這個人是光著身子，全裸的在那裡打坐。我頗感驚恐，因為那人正是我們班的阿鼻，他獨自坐在靠近中央的位置，這樣在地面上的人抬頭也看不到他。我頓時感到難以前進，但已經爬了上來只好當作沒看到，在一個離他遠一點的地方坐著乘涼。回想起來他確實都在體育課的時候不見人影，也幾乎很少看到他參與什麼板球課，這讓我心生好奇，心想他是不是都到這種地方打坐。有些特別虔誠的印度人，或者是瑜伽的修行者跟我們一樣經常喜歡打坐，他們稱這是冥想，跟宇宙連結的一種方式。

我並沒有想打擾阿鼻的意思，我過了一會兒刻意走到離他比較近一點的地方坐下，用聲音讓他知道一下有人上來了讓他有所警惕。他張開雙眼看了我一下，不慌不忙地把衣服穿了起來，我也不好意思看他，於是就持續望著下方大夥兒在打板球的場景。

「對了，你知道日本的禪坐嗎？」

他打破了我跟他之間的寧靜，開口又來問我奇怪的問題。

我看他邊扣紐扣邊開口問我話，我微微點了點頭隨便回答他。

「是嗎？我很好奇他們是不是也都脫光衣服在禪坐的。」

我立刻聳了聳肩，想敷衍他。

「不用害怕，現在沒人。」

「你可以跟我說話了。」

這又令我相當反感，他也把我的問題想得太簡單了，我可不是因為沒人才會開口說話，即使是我跟他單獨一人我也不會跟他說任何話的。因此我繼續保持著沈默，現在連望向他一眼都不望了。阿鼻看我似乎沒反應，後來就放棄了。

「其實你不用太見外，如果有冒犯到你跟你致個歉。」

「我告訴你吧，我想成為『迪甘布拉』，希望你可以理解。」

迪甘布拉。

我頓時感到有點訝異，在我不知情之下這或許是某種他們神聖的事物。

那是耆那教裡頭滿具爭議的一派，又被稱作「裸行派」或「空衣派」，因為梵文中「迪甘布拉」（Digambara）就是「天衣」的意思。這一派的信眾接受著基本的耆那教教義，但在實踐方面他們主張裸行，源自於耆那教教義中要求「不依附」（aparigrapha, non-attachment），也就是透過不依附於物體以及不貪執的持續修為而達到「自救」（moksa），類似於佛教中的解脫。因此耆那教的裸行派僧侶或獨居修行人士非常看重「不依附」或者類似於「無所有戒」的思想。迪甘布拉們透過赤裸著身軀，學習早期耆那教人士，以裸體的方式生活行走，藉此才能夠日復一日地放下我們對基本附屬物（衣服）的物慾執著。而且這樣赤裸著身體也更能夠合併「苦行」的修法，不需要衣物、不需要聖物、不需進食（靠乞缽）的想法逐漸成形。藉由這類長期如此的生活方式，配合耆那教教義，他們認為終能達到解脫。

我首次聽到阿鼻講這麼多話，用一個相當奇客式的方式試圖向我這位外來者解釋耆那教的迪甘布拉文化。耆那教，似乎是一個很寧靜的宗教，這是我的第一感覺。這種寧靜感讓我產生了某種自照，因為像我這樣的寧靜個體在這當中似乎有某種可自我識別的途徑。從此，我開始對阿鼻的信仰文化產生了好奇感。

每到中午用餐時間，有些同學會留在教室裡吃飯，但大部分的人都不在教室而跑到外面用午飯。他們帶著鐵盒子，多數人也不是吃米飯，他們吃得幾乎都是蒸米漿糕：「伊地莉」（Idli），白白扁扁的圓球是用米漿做的主食。這些東西都需要用手拿起並沾額外的沾料，所以他們也會帶很多種裝在圓形鐵盒的沾料，時常打開沾醬而導致許多蒼蠅或飛蟲會飛進教室。

有次中午用餐，我便注意到了莫黑，他一個人躲在教室的角落裡並用一些自己帶的布簾遮掛在他四周。其實有點滿顯眼的，因為他之後把紗布等布料在教室裡越掛越誇張，用成一個自己的小空間，獨自一人躲在裡頭吃飯，吃完再把這些紗布收起來。我頗感好奇，因為莫黑跟阿鼻同樣都是班上的耆那教信徒，只不過莫黑是「西維坦布拉」（Svetambara），又稱耆那教的另一派：「白衣派」。這一派信眾屬於耆那教的大宗，相對沒有像裸行派那麼嚴肅跟激進。在面臨耆那教五戒中的「無所有戒」他們會採取比較折衷的方式，也就是身著一身白淨的長衫，以白潔的象徵來代替裸體。這種比較寬容的方法也導致白衣派的信眾頗多，甚至多於裸行派。因為裸行在現代社會裡是難以相容的，而且男女性別的裸體在現代社會裡也頗有爭議，因此區別於裸行派，白衣派主張以白淨長衫來代表此類的修行即可，他們也把重心放在了「絕食」或不進食等等的修行。

莫黑比較內向，並非如同阿鼻那樣強勢和捍衛自身的信仰教義。我跟他的交集相對的也比較侷限，對白衣派的認知倒沒有像鮮明的裸行派阿鼻他們那樣印象深刻。莫黑對於他們五戒中的「不傷生」（ahimsa）頗有自己的原則，其實這是很典型的不殺生戒律的一種。但又跟佛教不一樣，耆那教信徒對這「不傷生」的教義非常執著。莫黑說他要掛上布簾、紗布來區隔一些蒼蠅和小飛蟲飛進他的飯盒裡。我一開始以為他是懼怕這些蒼蠅和小飛蟲不衛生，不過他說不是，他是防止這些蒼蠅或飛蟲飛進含水的沾醬中死亡，以及被其他同學打死。我恍然大悟也同時很不可理解，原來他並不是因為衛生觀念而是對於信仰的教義堅持而做出的行為。

「如果殺死了這些蒼蠅你會被神明處罰？」我寫了張紙條詢問他。

他也說不是。我這下可納悶了。

「我們沒有神明，所以沒有什麼被處罰，不被處罰的。」

「我只是相信『阿恆彌薩』。」

這是出於某種我無法理解的「慈悲」，使得莫黑他不願意因為自己的問題而造成蒼蠅被吸引到教室，導致更多的小生命被傷害吧。我問了他這是否是耆那教文化的一環，他告訴我這就是「阿恆彌薩」，是印度人都知道的事情。其實他說的沒錯，印度教裡頭也有強調「阿恆彌薩」，而佛教裡頭也有倡導這類不殺生和非暴力的戒律，對我這個信仰佛教的人來說相對比較容易理解。

「我們在八、九月有個贖罪日（Paryushana），是個寬恕的節日。」

「如果有一些做錯的事情，我們會在這天裡進行懺悔。」

「也就是承認一些自己這一年覺得有做錯的事，然後希望取得對方的原諒。」他接著說：

「這樣子讓自己心裡也比較好受，我們說這是 Samvatsari Pratikramana。」

「但能盡量不傷害生命就要做到。」

其實他說得也很有意思，或許這就是有神跟無神的差異，自己做的事情終歸是會回到自己身上，神不具有管轄人類的權力，所以他們這些人不常去借外在的神來約束管轄自己，而自我約束的自動化會被自然形成。在這種情況下，耆那教的前後因果的發端與終端全部都會矢向自己，比較不會出現做錯事就去廟裡拜拜求得外在「神」的原諒，然後次日再繼續做錯事再去廟裡請求原諒，這種片面化的抵銷作用。人們大多就是想寄託於一個位高權重的神祇，依靠祂幫助我們賞罰分明，獎善黜惡，主持公道而已，我們都一樣，為了這種事才建立信仰的。

阿恆彌薩在眾多的耆那教文化裡屬於一種根本的絕對性宗旨，這群人要放棄所有的暴力行為活動，甚至要有不能去傷害生命或者不能造成生命死亡之類的思想（泛指小生物）。這些對我來說有些極端，耆那教信眾基本上都是素食主義者或乳素食主義人士（lacto-vegetarian），這包含許多其他信仰印度教裡面的「ahimsa」觀念者都選擇茹素。甚至是說，像更為激進的阿鼻他們一派，在針對「ahimsa」這一環的教義時，除了茹素之外還會配合有限度的斷食行為。阿鼻倒是沒有這麼嚴格要求自己，但許多他在家的居家修行士是會斷食的

（類似於自我規定一天只吃一次）。確實一到耆那教盛大的節日時，阿鼻他就會說他要開始斷食了，他會喝白開水大約要喝十來天，他說這叫做「烏帕斯」（upavasa）。

我發現這條戒律在廣大的金奈，甚至應該說大部分的印度人都對此有基本認知，因為「阿恆彌薩」似乎也並非耆那教所持有，在印度教中是直接取用「阿恆彌薩」而在佛教當中也有類似相關的概念。後來我在課堂上，女士教到印度史的時候就提到了聖雄甘地（Mahatma Gandhi）所主張的「非暴力」（non-violence）以及後續由此再延伸的「不合作運動」都出自於一個「不傷生」（non-injury）的核心原則。甘地其實脾氣很拗，尤其是在面對暴力行為的反對，他搞絕食逼得讓大眾不得不放棄一些他所不認同的舉動。他會這麼堅持要「非暴力」有一點就是來自於耆那教文化中強烈的「阿恆彌薩」原則。一八六〇年代的印度正是耆那教盛行的時候，而且剛好是位於甘地生長的西北部：古吉拉特邦。甘地所領導的反抗英軍的不合作運動，在仔細閱讀他的歷史之後我發現一點滿可貴的涵義。在早期東印度公司代管印度的時期，有多少這樣的起義人士，不斷地以流血的方式對抗英軍，一堆的軍事叛變和地方叛變就是要試圖脫離英國殖民，其中最著名的就是恢復前朝：蒙兀兒帝國（阿克巴大帝的帝國）但均以失敗告終。甘地反而以主張不流血和非暴力的方式，堅持著他某種來自耆那思想的道義（真理必勝觀），使得他把這類元素實際化，領導和演示了一種另類的獨立革命運動。他也是一位把「阿恆彌薩」元素傳播出去的人，尤其是遍佈全球的民主運動革命人士，如美國人民、翁山蘇姬和曼德拉（Nelson R. Mandela）等。這些思想也反映在許多印度人的思想裡。

我曾經因為學校第二外語主修法文的關係，特別到金奈的一位教法文的女士家中補習。她的家中有好幾隻壁虎在地上和桌子上亂竄，有一次壁虎都跑到我們的補習桌上，我想請她處理一下，她閉著眼睛擺了擺頭回我說：「不用傷害它，讓它們自由地跑吧。」說完她便低頭做起報紙上的數獨（sudoku）了。

莫黑也不例外，有次上課的時候，我見從抽屜裡爬出三、四隻大蜘蛛爬上他身上，他驚訝地告訴他，他頓時能視若無睹讓這些大蜘蛛在身上爬來爬去。若不是「阿恆彌薩」的一些深度原則，我還以為他想變成蜘蛛人了呢。

金奈在接近十一月份容易有雨季，年底的時候溫度會稍微不那麼炎熱，這時候的體育課就經常會在戶外上課，包括游泳和板球。這一天溫度適中，我又發現阿鼻沒有來上體育課，因為我們依舊在打板球，他或許跟我不一樣，他是連參加這堂課的基本想法都應該是沒有的。

我獨自一人在巨石旁邊晃著，一邊無聊又一邊疑惑，我很好奇他每次長達兩個小時的體育課都跑去哪裡了。安達爾夫人私校的後方有一個非常龐大的園區，是橫跨好幾座操場那麼寬敞的地方。但我們說的「後方」大多是樹林和一些未開墾的叢林，而一般的設施像籃球場和游泳池都是靠近校本部的地方，其他剩下的就是空曠無邊的沙地。我心想，他若不在巨石的上面會不會是躲到「後方」那些樹林裡去了。不過基本上我們不會去那裡面，因為那邊樹幹崎嶇又滿昏沉的，所以一般有危機意識的人都不會選擇跑進去裡頭。

頓時我心中愈發篤定他就在裡面。

我開始走靠近「後方」接近樹林，我比較好奇的是裡頭會不會有某種令人吃驚的東西，但也不排除他或許不在裡頭。因此我懷著忐忑不安的情緒，隻身走進那些長得很崎嶇的樹林當中。好奇心指引著我向樹林深處不斷走去，這邊非常多的樹枝和樹幹是垂下來生長的，所以行走上會出現很多障礙物。我大概知道最底部應該會有一道高高的圍牆，因為那是馬德拉斯園區（**Madras Seva Sadan**）的最外圍了。走了一段路，樹林跟雜草的密集度也開始增加，心想再走幾步我就掉頭好了，打道回府去。在這片無人的樹林中我便開始自言自語起來，終於可以講話了，講點話讓自己聽一聽，但其實說白了只是在借用聲音來給自己壯膽而已。

過沒多久，我忽然就聽見了人在說話，語言的辨識度讓我直接能判斷出這不是英文，因此在那前頭有人存在。我的忐忑不安又急遽加深，因為感覺似乎有不只一人，這讓我迷惑了，不曉得他們是什麼原因躲藏在這種鬼地方，再者也有可能不是校內人士，正是讓我比較不安的原因。我開始在地上邊走邊挑一些手持的粗棍，就在我在折斷樹枝的同時，一道聲音從我的左前方呼來：

「不要亂破壞樹幹！」

我當場嚇了一跳，抬頭一看果然是阿鼻，他相當嚴厲地斥責我。

「你在這裡做什麼呀！？」

我指了指自己再指了指他，意思是我在找他。

我管不了他到底懂不懂，因為我還感到心魂未定。不過他似乎有領略到我的意思，一隻手指放在嘴前，要我安靜。他招了招手叫我跟著他過去，我心想我應該是全校裡面最安靜的了。我放下被我折斷到一半的樹枝繼續朝他那邊過去。

「『那個人』今天沒來。」他補上一句。

我有聽沒有懂，只見這裡頭似乎太過茂密，我不時會感到一股悶熱的空氣間斷地呼過來。此處卻相當寧靜，因為開始感覺不到風，風吹不太進來，而上頭有微微的陽光從茂盛的樹葉中穿透出來。腳下也開始鬆軟，感覺已經不是走在沙地，是類似草地的土堆中。我一步一步看著他，他很奇怪走走停停的。只見他會停頓一下仔細看看地上，再往前移動。我有點不耐煩，一直想超越他。

「別走太快。」他終於開口要跟我解釋了。

「其實我很不喜歡走在這種地方。」

我看著他邊走邊謹慎的樣子，我聳了聳肩回應一下他。

「這種叢林其實是我們不喜歡來的地方，因為這裡有一大堆的小昆蟲，容易被踩死。」

「尤其跟生態有關的，我們都會特別小心。像這種地方能少來就少來。幫忙一下，這些小蟲盡量繞過去不要踩它。」他向我指了指地上，似乎又是耆那教的一些原則。

這也難怪有很多人告訴我，耆那教信徒都不愛從事農業相關的工作，或許就是出於這種很有原則性的面對觀吧。

「還有，你小心點別踩死小昆蟲。我帶你來，所以我也要負責你的『卡瑪』。」

卡瑪（karma）。

是我通常跟印度人交談中常會聽的單字，就是業報的意思，似乎也只有跟印度人交談才會經常聽到這類單詞。我已經很小心在行走了，但阿鼻不是，他每走一步還得先看一下地上再向前邁進，我心想這草叢裡都有小蟲子，早就被你踩死一大半了。但跟著他走，我的不耐煩越來越轉變成一種敬佩，或許是這一路走著他那種「堅持式的慈悲」精神不由得讓我心生敬意。

轉眼間我們來到一個在樹林中間，稍微寬敞的地域，這裡的地上有幾個微型的小石窟。裡頭放滿了花束，因為立在地上我一開始以為是墳墓，但這其實是印度在外常見的「神龕」，只是用石頭鑿開的。裡頭沒有神像，只有一個類似阿暇在我筆記上畫的「卐」字如謎一般的符號。據說「卐」字的發音已經失傳了，只能以符號的標記來顯現。而這小石窟的正後方有一座相當簡陋的空間，地上鋪著極厚重的地毯，看起來非常乾淨。這空間的四周都用老舊的水泥簡易鋪蓋而成，只有三面高度不高的水泥牆，左右跟後放是被遮擋著，留前面的門口，然而這沒有屋頂並且這些水泥牆都是裂縫和破洞。令我驚訝的是裡頭有一個蓄鬍大漢，一時間我有點啞口無言，這該不會就是阿鼻常口口聲聲說的「那個人」吧？

這大漢裸露全身，靜坐在地毯上。他有著一個大肚子，盤坐在那裡顯得特別違和。他見到我也毫不遮掩，站起來裸著身體對我咧嘴微笑。因為他一看就是校外人士，似乎在這邊做著某種無法理解的宗教儀式，我警戒心竄起，後退了兩三步想趕緊離開。大漢對著阿鼻開始講著我聽不懂的泰米爾語，我估計大概是在詢問我的來歷。阿鼻指著我不斷在跟他交談，在此之間我的目光移到了他地毯上的東西。那是一支黑色的，像輪胎一般大小的毛撢子。大到有點不合邏輯，有點令我不解這是法器還是一般的撢子。

我獨自站在一旁環顧四周，這地方有些悶但又不至於會令人窒息。阿鼻跟大漢聊完之後，回頭向我說道：

「別擔心，這是我們社區的一位迪甘布拉。」

只見那位大漢滿臉蓄鬍的樣子，笑口常開，裸著全身並對著我禮貌性的微笑，似乎在跟我打招呼，因為看樣子他應該也不會講英文。

「不過『那個人』今天沒來。」

我從沒見過「那個人」，但我倒知道耆那教在南印度有間著名的寺廟，所以這裡會有一些耆那教信徒應該也所屬正常。因為耆那教信徒大多分佈在西北部或孟加拉，南印度的大宗多是信仰印度教為主。

「他在家修行也是裸著身體。」阿鼻開始向我說起。

「只是在社區裸行時常會造成社區其他人的困擾，所以除了關在家，他來這邊比較隱密清幽的地方在修行，這樣也不會冒犯到其他人。」

「你的話應該就沒差吧？」看他問我，我點了點頭。

「還記得『阿恆彌薩』吧？其實這也代表著不造成他人困擾。」

「我們的宗教在我家社區有擺設，而他住這附近，比較不得已才把這邊當據點。」

我詢問了阿鼻關於這小石窟裡的神是誰，他又滔滔不絕地跟我講述到耆那文化的歷史，我有些恍神，但我比較清楚的是他們耆那教是沒有神的，他們不拜神。這倒如同佛教，只不過佛教相信「無我」[39]（anatman）的觀點。相對於印度教是多神論，而且「有我」的觀點，這個耆那教剛好是中間，他們無神祇，但相信「有我」的觀點，也就是承認有個自己存在。

據阿鼻他娓娓道來，他們是不拜神祇的，而是禮拜「導師」（或中譯可稱作「祖師」）。這群導師跟佛陀的模式很類似，都是透過某種作為而得到「覺悟」的人。還有一點是身為懷疑論者可能會感到有趣的，即耆那教與佛教的重疊性。因為身為有一點佛教相關歷史知識的我而言，不免都有些質疑耆那教是否就是佛教的變異，又或許剛好相反。其中一個原因是耆那教跟佛教釋迦牟尼的發源處和發源者是同代人士，而且身份背景雖然無法確切考證，但兩者都出自同一個種姓與王族背景，而兩者在當時都同樣偏向反吠陀立場，在教理上也同在宣導一種棄世論或不殺生主義的出世形態。

阿鼻口中的「蒂爾丹嘉拉」（Tirthankara）就是指「導師」的意思。在梵文中「蒂爾」（tirtha）是淺灘的意思，而蒂爾丹嘉拉就是那位能夠跋涉過淺灘，並幫助人民渡過這灘河水的人。這行為舉動看似簡單，不過它跟所有宗教一樣，

39 無我，在大乘佛教中又可稱「空我」，在佛教中並無單一定義，又有「非我」的概念涵括其中，但卻是佛教的核心概念之一，也是其與印度教和耆那教主要的區別。在佛教思想中，任何事物皆無常因此「我」是不固定的（不斷變化的），一般佛教認為「我」是在的，只是「我」的概念是不存在。

當然是在指涉形而上的概念。也就是說，能夠跨越生死輪迴（samsara）或感情慾望的人，即跨越一道生死之河（達到彼岸），然後走出一條與人類世完全不同的道路。這些超越者並不是西方超越論[40]（Transcendalism）的概念，而比較像在征服的用法，阿鼻他們叫這個為「耆那」（Jina）。

一般我們把能夠跳脫每日工作和賺錢的生活規範稱作金錢自由，也就是解除了人在資本社會當中需要不斷地付出工作在賺錢的循環輪替，而摧毀這類金錢限制的系統，獲得了自主權就是我在理解這個宗教所帶出來的「勝利者」概念，但我想阿鼻不會認同我的看法的。「勝利者」其實講的就是「耆那」，因為這群「耆那」解除了並脫離了生死輪迴和感情膠著的限制器，算得上是一個完整自由的個體。這跟我所理解的佛教很類似，那些「耆那」或「覺醒者」在人類歷史上都曾經為人（暫撇開另類從宇宙論發展出佛陀是外星人一說的陰謀論），至少他們曾經是位普通人。只是在佛教當中，這一世似乎只有一尊佛陀：即釋迦牟尼佛，在耆那教裡卻有二十四位導師。這二十四位導師把「耆那」的教義在這一世找回來，並在未來「耆那」消逝之際還會有許多不同的導師再把它找回來。這是耆那教文化比較不同之處，所以「耆那教」其實就是在指這二十四位導師的通稱，或「耆那們」。

第一位把耆那教義帶回來的是黎夏巴那（Rishabhanatha），最後一位導師是筏馱摩那（Vardhamana）或一般稱作「大雄」（Mahavira），也稱「牟尼」。通常耆那教廟宇所見到的導師塑像幾乎都是盤坐的大雄，但也有一些是祖師黎夏巴那。據迪甘布拉他們強調，黎夏巴那在他一身修行的生活起居裡大多數都是不穿衣物的，後來的「耆那」似乎會穿，不過到了第二十三和第二十四位導師就又開始以裸身體在外行走。因為這些衣物除了妨礙修行者在修行「無所有戒」外，衣物如果很骯髒也容易聚集和招引小生物，如跳蚤等。導致修行者在清洗衣物之時殺害這群聚集來的小生命。因此，我曾在阿鼻的社區裡看見他們都用熱水（川燙）的方式在洗衣物，而禁止用洗衣粉（洗衣粉會殺死小生物）。

40 超越論，也譯作先驗的或超驗的，主要由康德（Immanuel Kant）等哲學發展而來。主要概念再強調一種超越自然的存在，或超出實證世界以及超出科學的存在，即一種超越論的態度等。

所以要麼就永遠不洗衣服，而帶有動物毛料的服飾似乎也都是被禁的。這些僧侶或在家自主修行的人都過著相當有原則性的生活，他們通常都身穿一套白衣。

顯然阿鼻跟這位漢子都算是個積極的自主修行者。我以為前面放在小石窟裡的是某種神指，但在他解說之後我稍微明白了一些原理。我本以為「卐」（swastika）是大雄的指涉，結果並不是。

「『卐』是四種存在體和四種靈魂的特質。」阿鼻說道。

「每一種生命會因他們的『業力小蟲』的不同而分別誕生在四種不同的生命體當中。」

「所以這個其實就是大自然的意思。」

我不發表意見而繼續接著聽阿鼻說著那張符號：

「手掌是拒絕暴力的『阿恆彌薩』，手掌裡的法輪是『業力小蟲』，中間那一行字就是『阿恆彌薩』。很簡單吧？」

這個手掌（見圖）其實就很類似於佛教雕像中的「施無畏印」手勢。而且我看到的每一尊耆那教導師的雕像幾乎都跟佛陀很相近，都面無表情並盤坐

圖為耆那教符號。

姿態佇立著。只是說大雄的雕像很多是光裸著身體，而且會睜開大眼。

///

阿鼻說大雄的符號會帶有一頭獅子的形象。我一直沒有跟他去印度著名的耆那教廟宇過，這有點可惜。據說大雄的誕辰日和耆那教的贖罪節，他們會有一個類似朝聖的活動，阿鼻曾約過我好幾次但我都沒答應他，因為這要搭火車到很遠的其他邦省去。我倒是在他們金奈的社區和他家中見過幾尊眼睛大大的雕像。以前的耆那教大多把導師放在石窟或洞穴，近來才興建廟宇。而裸行派（迪甘布拉）的人常會在家中弄一個神龕並天天禮拜。因為他們的修行比較容易引起爭議，經常要關在家中修行。以前的人或許還可以裸體行走在外，現在可不能裸體行走在外，或者集體在外裸行。因此，阿鼻所描述他們的一些修行限制似乎難免也有他們的苦衷。

大雄又稱做「瑪哈維拉」（Mahavira）意指偉大的英雄，一般在耆那教的信眾裡頭是被受尊敬和普遍受信徒禮拜的對象。在佛教經典當中，如《雜阿含經》或《長阿含經》等皆把大雄記述成「尼犍若提子」（Nigantha Nataputta）。一般學者認為這是他的本名。不過，在佛教的經典記述當中卻把他視作外道加以批判[41]。其中一個讓佛教比較受不了的地方可能就是苦行中的斷食教義以及露身外道。因為斷食教義在阿鼻他們那裡是非常崇高的一種修為，甚至有信徒認為將死之年若能以斷食的方式而亡是具有意義和被尊敬的。也因此，在古時候大雄在世之期間，便已經有許多的信眾在斷食期間死亡的消息。這對於佛教而言，已經從原本的反吠陀、反婆羅門教的立場又走向某種極端性，

41　參見《雜阿含經》574經：「如是我聞，一時，佛住菴羅聚落菴羅林中，與諸上座比丘俱。時，有尼犍若提子與五百眷屬詣菴羅林中，欲誘質多羅長者以為弟子。質多羅長者聞：「尼犍若提子將五百眷屬，來詣菴羅林中欲誘我為弟子。」聞已，即往詣其所，共相問訊畢，各於一面坐。時，尼犍若提子語質多羅長者言：「汝信沙門瞿曇得無覺、無觀三昧耶？」質多羅長者答言：「我不以信故來也。」言：「長者！汝不諂、不幻、質直；質直所生，長者！若能息有覺、有觀者，亦能以繩繫縛於風；若能息有覺、有觀者，亦可以一把土，斷恆水流，我於行、住、坐、臥智見常生。」……乃至十問、十說、十記論，云何能誘於我？而來至此菴羅林中欲誘誑我？」

圖為耆那教 Lodurva 廟宇中祖師的塑像。圖授權 /Darshan

這使得耆那教常在佛教經典裡被加以批判。

我有時不免也會好奇，到底是什麼樣的力量使得印度教和耆那教那麼地崇尚苦行，或者自己不斷傾向去實施自主禁欲的舉動。後來有一道線索就是阿鼻老是在講的「業力小蟲」（tiny karmic bugs），我想業障怎麼會變成生物了，這八成是他自己的運思方式。「業力小蟲」其實是耆那教裡面所主張的「微業粒子」（karmic particles），有點類似一種業障的微浮粒子。他們認為在宇宙中有一種更為微小的粒子單位，如原子（atom）或單子一般地存在，分佈在宇宙之中和我們的空間場所裡。這些微小的粒子會帶動和影響著個體的靈魂場和能量場，這種影響力他們認為是業障的存在，造成因果循環業障的概念。簡而言之，就是我們散發出任何的訊息都會以微小的能量訊號進入宇宙，而這些訊號能量會從宇宙再反彈回到我們身上，這包括剛剛說到的業力的微浮粒子。這種帶點科學化的認知是我在金奈時比較相信他們耆那教的主因之一，其實就是一項把不可見的存在對象用語言邏輯幻化成看似可見的對象而已。

相對的，有一大批的信眾是能夠接受這樣的思想邏輯的。印度教是一個比佛教更重視「有我」的觀點，它比佛教那種超越輪迴的想法不同，印度教普遍覺得這個「我」是操控在自己的循環業力（因果業障）當中，迫使我們覺得我們的一生好像被某種命中註定的宿命論型態駕馭著，但其實很多印度人都認為不是這樣，是自己所散發出的業力在駕馭跟決定著自己。因此，兩個宗教：印度教和耆那教，兩方皆相信一種以「吃苦來還苦」的型態，以苦報苦是可以相抵的。所以說，修行苦行是能夠減少那些「微業粒子」的聚集，並降低那些東西聚集在我們體內和身邊的方法。耆那教又跟印度教和佛教有所不同，耆那教偏向一種沒有絕對的相對主義（relativism），甚至喜歡在每件事之前加上「也許」，讓所有條件都列入可能性，這就是耆那教主張的「不定主義（Syāt-vāda）」。如果說佛教以「緣」來定義萬物，萬物因緣而生，萬物因緣而滅，緣盡了則物與物之間就會相別離。佛教一直以來都崇尚「中道觀（Middle Path）」：遠離二邊，至於中道。這些核心問題都傾向在避開二邊的確定性，因此「是？」與「不是？」一直都不是佛教想明確回答的問題。然而耆那教則傾向同時去接受「是」與「不是」正、反的平面化條件。

它既是它，它也既不是它。

對我而言，這種似是而非的邏輯，阿鼻確實在某方面好像把我說服了，或許我還是第一次聽到這類型的思考系統，不過我卻發現直到今天，耆那教的不定主義相關的思想觀點一直大量地在影響著我。

///

時間並沒過多久，這些內容也並不是在這時候讓我知道的，最主要是小石窟裡的符號講完之後，阿鼻跟大漢邀請我一同在這片樹林之間靜坐看看。我還是相當刻意拒絕全裸的方式在這邊靜坐。他們兩個似乎都照慣地執行這類外裸的修行了，我脫掉上衣穿著褲子也跟著坐在他們後方，阿鼻跟大漢前後分坐在水泥地上。在靜坐之前，大漢用他那把巨大的撢子揮扶一下地面，我以為是怕有泥沙，但阿鼻說這個是在揮扶開那些小蟲。因為這裡本身就不是一般耆那教迪甘布拉的信徒會選擇靜坐的地方。通常迪甘布拉（裸行派）都在家中自行裸體靜坐（也有一說會聚集在某耆那教據點的寺廟）這樣能避免來到野外叢林之地去殺害到小蟲等生物，他們也會避開農耕。因為在行走間會不經意地殺死小生物，所以在這塊大水泥上，大漢保持得非常乾淨，而且一直要用大撢子像掃帚似的一直在四周揮來揮去。

其實我覺得靜坐在哪裡都一樣在，但這裡很清幽我還滿喜歡的，有一種過往不太能體驗到的寧靜感，就像一種外在的私人空間。雖然水泥地的空間有點窄小，不過卻不會很悶，我一個人獨自坐在他們兩個的後面，我其實沒有很認真地在靜坐，看著他們兩個光裸的背影卻不像從前覺得的那樣可笑，這時我只覺得他們有的那份執著和專注令人相當尊敬。我的目光移向天上那片被樹葉遮擋的頂端，透出微微飄移的陽光，很好看，感覺自己像一隻身在叢林中的小動物，這時讓我想起了印度吠陀的《森林書（*Aranyaka*）》。

我們的出生與產出都跟森林有關，我們是屬於荒野的森林系。

人生的四個時期（ashramas stages）：梵行期（Brahmacharya）、家居期（Grihastha）、林棲期（Vanaprastha）、遁世期（Sannyasa），他們提倡人在晚

年要回到森林裡，也就是第三個階段：林棲，在森林裡定居並向森林學習。唉，大部分現代人的社會應該不再存在這種時期了！在這裡頭，彷彿就像在林棲，確實有那麼一點不一樣的感受，一個來自於自然的寧靜與生態在變化當中相撞的回應，應該就是這種感覺吧。

///

我在印度似乎都沒有爬過山，金奈是個海岸型城市，大都是平原或平地，所以基本上這種類似台灣人在山林間的經驗，對於南印度當地人來說或許跟中國古人的行望遊居經驗不同，轉化成了一項森林經驗。

正當我在一旁靜坐，邊坐邊思考著這片樹林的樣貌時，一道濃厚的嗓音，以非常低沉的音域突然在我耳邊竄起。空氣變得非常嚴肅，阿鼻和大漢他們兩個人開始頌起經文來。伴隨著寧靜的樹林，他們合音唱誦的經文猶如沈重的機器一般，在這片林間製造一種回音。

「*Namokar Mantra*」是它的名稱。

每一句開頭都是「唵，南無……（Om, Namo）」然後一行一行地唱，據說這只是一個敬意的唱頌，他們並不在對神祇或導師去祈求東西，而是利用唱誦者那經文讓人民記住，人得到解脫才是終極性的目標。「唵（Om）」在印度教的信徒當中都相信這段音波是人跟宇宙連結的聲音（或振波）。

「你還好嗎？」阿鼻結束之後邊穿衣服邊回頭詢問我。

似乎我們待了滿久的，用掉滿滿的體育課時間。

「下回帶你去見一下『那個人（the man）』。」

「『那個人』是不是在小房間裡，那個你附近的社區？」阿鼻轉過去問了大漢，但那大漢似乎也不太清楚。

「有機會，你可以見一見『那個人』。」

他講「那個人」已經很多次了，我原本從相當好奇的程度，現在已經不怎麼好奇了。我只覺得不要跟陌生人有太多的接觸才是安全的上策，但阿鼻非常重視「那個人」，即便我們平常在聊天，他也時常提起「那個人」，不過「那個人」他始終都沒有被形容過也沒有被描述過，一直以來都是個謎。因此，就在我最後於安達爾夫人私校的尾聲，我心裡開始升起了去認識阿鼻口中的「那個人」的期望。

五

《腳鐲記（*Silappadikaram*）》的故事剛好在我的文學課當中被女士選中。也因為我們要做一份關於這部史詩的報告，我才有了去阿鼻他們迪甘布拉（裸行派）社區的一個機緣。《腳鐲記》在南印度有著舉足輕重的重要性，完全不下於印度兩部著名的《羅摩衍那》和《摩訶波羅多》。因為《腳鐲記》是一部耆那—泰米爾史詩（**Jain-tamil epic**），我二話不說就找了阿鼻跟莫黑一同做這份報告，他們也非常樂意我可以跟他們一組，因為我在班上很擅長繪圖有很多的創意表現形式。這部史詩有著極優美的短句、泰米爾頌歌和歌詞，但可惜的是我聽不懂泰米爾的文句。

阿鼻對《腳鐲記》的報告相當不感興趣，他說這部著作他家有錄影帶，他小時候經常在看，現在他覺得這個很無聊，不過他卻興致勃勃地想邀請我們去他家。為此，我們就一同搭他爸爸的車去到他的社區裡。但因為阿鼻他們社區附近都有一群迪甘布拉的修行人士，據他所說是這樣，莫黑似乎就刻意婉拒了。後來，我把胖子給拉來，胖子的第二外語修的是古老的梵語，而我修的是法文，瘦子是印地文，似乎因為梵語跟史詩的古文性都有一些關聯，胖子倒是很爽快就答應跟我們一組。

《腳鐲記》據說是在西元二世紀，由一位耆那教僧人：伊蘭戈·阿迪加爾（Ilango Adigal）所著，是南印度五大泰米爾史詩名著[42]之一。並且是一部時代背景都純粹發生在南印度三大王朝之中：朱羅、潘地亞、哲羅。而且，是最屬於一部描寫像金奈這樣海岸城市背景的史詩。

在朱羅王朝有一對新婚的男女：卡娜基（Kannaki）和科瓦藍（Kovalan）。科瓦藍是一位富商的兒子，他在年僅十六歲之時就娶了另一位商人的女兒卡娜基。這對新婚男女就住在卡韋里帕提囊（Kaveripattinam），一個位於朱羅王朝裡的城市。

42 五大泰米爾史詩名著分別是：《腳鐲記》、《瑪尼梅格萊（*Manimekalai*）》、*Civaka Cintamani*、*Valayapathi*、《昆達拉克斯（*Kundalakesi*）》。

因為新婚的關係，雙方對彼此的了解尚淺，科瓦藍就在此地很快地被一位地方妓女瑪答維（Madhavi）所迷惑，並在瑪答維天姿國色的醇酒美人面前色授魂與、神魂顛倒了。科瓦藍自己也愛上了這位妓女。卡娜基在發現自己的丈夫喜歡上另一位女人，還把他的所有積蓄都花在這位妓女身上感到痛心欲絕。科瓦藍可謂是相當不忠，拋下自己的新婚妻子跑去跟瑪答維在一起一塊地生活了。落下了卡娜基獨自一個人在家中苦苦期盼丈夫會回心轉意，回頭是岸。因為在當時的時代裡，女人的「貞潔（chastity）」是一個無可避免的被社會評斷的枷鎖，而且妻子的「貞潔」更是一項家庭建立的社會標準。然而，妓女在當時的時代是屬於具有知識水準，善於才藝和裝扮自己的女性。無可厚非的，在這段故事中卡娜基的形象在往後的印度歷史中便成為了典型的「理想妻子」或「賢妻」的象徵。

在一個慶祝因陀羅（掌管天氣和戰爭的古吠陀神祇）的節慶裡，科瓦藍和妓女瑪答維一同參加了這次節日裡唱誦曲子之類的比賽。雙方都唱得很深情，在歌詞裡兩個人都在指涉一個他們所深愛的人。其實就是在指對方，但就因為互相不信任的關係，雙方都互相懷疑對方所唱的那個深情的對象不是自己，而是另有其人。就這樣，他們在接下來的歌唱節日裡互相開始用歌詞在暗罵對方，以為雙方唱歌想著另外的情人。各自認為對方背叛自己，最終落得一個兩敗俱傷。

在因陀羅的節慶結束時，科瓦藍和瑪答維反目成仇，身為妓女的瑪答維更是絕情，因為她從來就不乞求男人的愛，對她妓女的身份而言她覺得實屬正常。反而那個把財富都敗在瑪答維身上的科瓦藍這下便身無分文了。他感到懊悔不已，但還是回去找他的原配卡娜基去了。令人詫異的是卡娜基竟然原諒了他，並且還殷殷期盼著他回心轉意，回到這個家來。

劇情發展到第二部分之時，這一對又復合的夫婦舉家搬到了另一個國度：潘地亞王朝的首都馬杜賴（Madurai）。卡娜基因為擔心自己的丈夫遭到朱羅王國當地的居民唾棄謾罵（也實屬應該）決定在潘地亞王國重新開始他們的新生活。但這時的科瓦藍非常落魄，身無分文也捶胸頓足的，即便他承認自己的錯誤，想改過自新也沒有能力去彌補受傷的妻子。而選擇原諒的卡娜基，意外地把那個象徵婚姻的嫁妝拿給了科瓦藍，讓他到市場上去賣，同時這也在暗示著把美好的象徵賣出去的意涵。她給了一個腳鐲，讓丈夫拿去市場上賣掉，賣一個好價錢，好讓兩人有一筆資金重新開始。不過，事態發生得很突然，科瓦藍因為在市場上賣腳鐲而被當地人扣上了小偷的帽子。原來在他們剛到新國度之時，潘地亞國王與王后正憤怒著到處在抓那個偷走王后腳鐲的小偷。科瓦藍被軍官逮個正著，而這位憤怒的國王也不分青紅皂白，在沒有給科瓦藍任何辯駁的機會之下，把他當場斬首示眾了。

丈夫整宿未歸，心急如焚的卡娜基在夜間的時候跑去尋找自己的丈夫，不料當她聽聞科瓦藍已經被軍方斬首示眾的噩耗，氣急敗壞。她立刻衝往潘地亞的王宮，以銳不可擋之勢勇闖進去。她在此時已經有著著名以暴制暴的毀滅女神：黑天女卡莉（Goddess Kali）的象徵，猶如卡莉上身一般（有一說她是黑天女卡莉的化身）。

國王與王后得知了消息，也已經在宮前等待著她。她見到潘地亞國王就是一聲嘶吼，以極其憤怒的聲音為自己的丈夫辯解，一心要守護他的清白並指責國王的愚昧。國王一開始還相當義正嚴詞，但當卡娜基斥問王后的腳鐲之後，發現王后的腳鐲其實跟她的腳鐲不一樣，王后的腳鐲上面鑲的是珍珠。於是卡娜基當著的國王的面把她另一配對的腳鐲摔了出去，在眾人之前卡娜基的腳鐲掉出來的是紅寶石，跟王后被偷走的腳鐲完全不同。國王和王后瞬間啞口無言，丟臉的國王既憤怒又懊悔，他發現他之前誤殺了百姓。

卡娜基以嘶吼般的聲音詛咒國王和整座城市，咒它整座馬杜賴城陷於獄火之中。她再以極為暴力的方式，在眾人面前用雙手撕扯開她的乳房，大吼一聲，鮮血直流，把那撕扯下來的乳房丟擲在公眾眼前，宮中的百官嚇得魂飛魄散，而國王更是當場死於過度驚恐，應驗了她的詛咒。接下來，事態更為嚴重，也是整部史詩轉為傳說和神話的折點，整座城市頃刻之間劇烈地震，城市因建築物紛紛倒塌而引燃大火。片刻之時，潘地亞的首都馬杜賴被大火燃燒殆盡，猶如獄火一般被卡娜基詛咒著。

在此後，卡娜基回到了原本的哲羅王國，由天氣之神的因陀羅親自下凡來迎接她。在憐憫之下，因陀羅把她帶離人間，並隨著祂的戰車長揚而去。

在往後的世代裡，當地的哲羅王國，據說就是這部史詩作者的兄弟：塞庫烏萬（Cenkuttuvan），即當時著名的哲羅國王，他為此幫卡娜基蓋了許多寺廟（至今尚存），卡娜基則神格化，化作名為帕提尼（Pattini）的女神受後人信奉著。

這部史詩除了是耆那教僧人所著之外，在故事裡有許多路途上卡娜基跟科瓦藍會遇到類似耆那教的高僧來給他們傳達正確的指引。就因為《腳鐲記》是屬於南印度的巨作之一，在往後南印度的地中海型王國中傳開來，以卡娜基做為原型，帕提尼主要受到了大量斯里蘭卡地區的信眾青睞。帕提尼甚至成為斯里蘭卡的守護神，受到上座部佛教信徒的供奉。而在印度金奈，著名的遊艇碼頭海灘[43]（Marina beach）佇立著的一尊女神像就是卡娜基，她一手舉著腳鐲，一手向前方指著，看似在向權力挑戰的姿態，頗有美國自由女神像的特色。這般採用女性並帶有強烈女權主義色彩的史詩，在南印度豎立了某種女戰士和女性英雄（heroine）的典範，大規模地強調了女性改變社會的積極性，不過實際上效果似乎還是在當地是很有限的。

卡娜基在伸張正義之時使用了相當極端的手段，在今天的社會裡象徵著乳房切除。而不管從身份到性別，女性到母性的觀念裡，似乎都跟乳房交織在一起。而在卡娜基扯下自己的乳房時，正是她拋棄了「女性氣質（femininity）」的事件。她在面對丈夫之時，從未選擇生氣，但在後半部所發生的極為激進的事蹟來看，我們卻發現這與她在上半部帶有溫順的人格是完全相反，出人意料之外的，這也是此部史詩一直想要保持她做為一個「理想形象」的時代包袱。我們很清楚知道她的丈夫科瓦藍並不是因為責任感才回到她的身邊，而是因為科瓦藍跟妓女之間產生了嫌隙才離開的。其中一個很僵固的社會特徵便是故事中所強調的「貞潔」與「忠貞」。女性在當時只有靠著「貞潔」的個人形象才能被社會所賞識，即便是丈夫在外不安於室，女人依舊只能保持一副「忠貞」的樣貌。不過在當卡娜基撕爛了她那象徵著女性的乳房時，那些女人的三從四德和溫順善良的文化完全被她丟棄，因為她再也不需要了，就像她摔破另一對

43 位在金奈市得海岸線，是當地著名的海灘之一，其特色就是海灘線非常長。在 2004 年印度洋南亞大海嘯造成該海灘巨大災難，數百人命喪於此。

腳鐲一樣。這說明了卡娜基也並不是全然為自己的丈夫申辯，而是在指控這個社會，尤其是關於清白與正義，以及在社會中女人只有「貞潔」才能被看見的成規。

說起來，我覺得卡娜基在印度主要還是被視作「理想女性」而被重視著。到底她是因為對丈夫的忠貞而受人尊敬，還是後續在面對權力的挑戰而受人敬仰，一直處在模稜兩可的邊緣徘徊。

這天阿鼻的父親帶著我們就在他家中把《腳鐲記》這部長達兩個多小時的黑白片給看完了。全劇講的都是泰米爾文，幸虧有他的父親，很有耐心地邊看片邊講述給我聽，我才能理解它到底演了什麼。

《腳鐲記》的故事至今都來深入記在我的腦海當中，揮之不去。

六

翌日的一個上午早晨，絢麗的陽光照在金奈乳白色的建築上，呈現金黃色的社區樣貌。接近年初的金奈，天氣適溫但還是稍微有點炎熱。我們上次在阿鼻家中看完《腳鐲記》之後天色已晚，便匆匆趕了回去。讓原本那天想帶我們瀏覽社區和尋找「那個人」的阿鼻掃了興。那晚他父親曾邀請我們去參加他們耆那教的禮拜法會也被我們婉拒。

「這樣有點對阿鼻不太好意思。」胖子那晚要離開前跟我這麼說。

「我們改日要再約一下，一起到他家一趟吧？」

胖子跟我約了再一起去阿鼻他家，我只是在想，阿鼻口中說的「那個人」是誰，只有這一項我比較好奇。耆那教的禮拜我其實曾經跟阿鼻參加過了。這天早晨我在班上找了胖子，一起去問阿鼻看要不要今天去他家，我倒是滿好奇「那個人」的。胖子偷帶了他新買的電玩遊戲機，說是要去阿鼻他家玩。我們來到阿鼻面前，但他愁眉苦臉的，我們沒想到他自己都不確定「那個人」是不是在他社區裡頭。前些日子在跟大漢一起在樹林靜坐之時，曾耳聞到「那個人」是一位耆那教僧人。據阿鼻他老實說，「那個人」是一位到處把自己關在各種不同場所的神秘客，這是他獨有的修行方法。他獨自把自己關在一個房間裡，不與任何人交談。很離奇的是他不進食，在修行期間他只喝白開水，而且他在好幾個月的修行期間不曾上過廁所。據說他在大量飲水時，身體透過某種修行完全不會有排尿的現象，非常違反科學令我們感到詫異。

曾經有人目睹「那個人」全程的修行過程，因為有一次「那個人」待在一個隱密但有被監視器監控的單獨場所而不自知，他反鎖大門，一人獨坐在裡面準備修行。然而聽說偷偷監視他的人發現，「那個人」竟然一待就是好幾個月，而且竟然不會有要廁所的跡象，因此才把此事與該人的事蹟流傳出去。雖說許多人，例如阿鼻，會把「那個人」造神，但我比較相信這其中或許有什麼神秘而不被人知的修行方式。

胖子跑去揪了瘦子一起去阿鼻的社區參觀，阿鼻也爽快的答應我們了。當天放學之後我們就再度拜訪了阿鼻的社區。在那裡面偶爾會看見一群披著白衣的修行人士，成群結隊，光著腳在社區間行走。有的在一個場所裡一群人盤坐在地上，全裸露著上半身，在一個集會所聽著一位耆那教僧人在講話。我倒是不曾看見有裸體行走者穿梭在他們社區裡。

「我其實不確定『那個人』有沒有在這裡。」阿鼻帶著不確定的語氣說著。

「沒關係啦，我們可以先過去看一下，如果不在的話可以再去你家玩這個。」胖子邊笑邊舉著他那個蜘蛛俠的遊戲機。

「他每幾個月會變換修行的場所。」

「那他一般都去哪？」

「嗯……。」

「你也不知道嗎？」

「我確實還真不知道，但他很常到我們社區。」

「固定會來嗎？」

「他似乎有幾個固定的據點吧，因為他都會在我住處大樓的某一樓，但那樓層不知道鐵門都已經鎖住，好像只有他能夠進得去，而且那整層都沒有其他住戶。」

「這樣的話我們怎麼進去看他？」

「傻呀，當然不可能讓人進去。只能從遠處偷看而已。」

聽起來確實有點好奇，阿鼻講完之後，車子就到了他家大樓門口。金奈沒有什麼高樓大廈，但卻有非常寬廣，樓層不高的建築物，所以阿鼻的社區就是一個有很多崎嶇的乳白色建築物的地方。有些建築看起來就非常奇怪，樓跟樓之間可以有一道樓梯從某樓的窗戶走上去。有些建築物是米黃色的，很類似我在雪午德廳的樣貌。他獨自一人跑上樓跟他的母親說他帶了朋友來社區參觀。他在跑上樓之前叮嚀我們：

「不要去跟任何人說你們是要來找『那個人』的！」

這令我有些忐忑不安，感覺好像要做一些不太好的事。阿鼻似乎又有隱瞞什麼事的樣子，這讓人感到有些緊張。胖子在一旁揮著手，因為前門這裡很悶熱，我看著胖子和瘦子，我們也不發一語都在等阿鼻為我們帶路。片刻的時間，可以聽到阿鼻從樓梯上奔跳下來的聲音，我們抬頭看到他站在樓上對我們揮揮手，我們便一起上去。這棟樓有八層，但卻沒有電梯，而且樓梯很亂，是我第一次看到有樓梯兩旁沒有扶牆，在樓跟樓之間可以分岔出另一個崎嶇的樓梯到其他地方。這讓我覺得樓梯應該是很脆弱，導致我走的時候很小心，慎怕它會有狀況。胖子爬得氣喘吁吁，我們都已經爬到屋頂了他還在下面慢慢爬，因為沒有扶牆，他爬得更辛苦。

我感到有那麼一絲的惶恐，轉了頭看了一眼瘦子，在看一看這個頂樓。我見瘦子一臉猙獰，因為這是陽光打在他臉上，毫無緊張地邊走邊看著阿鼻。我心想難道都沒有人想問說為什麼我們要來到頂樓嗎？看著瘦子乖乖的跟著阿鼻在頂樓上繞，因為這裡是連貫了好幾棟樓的上面，所以面積非常廣闊，在這邊繞不曉得要繞多久才繞得完。我上前拉住阿鼻，一直指著此地，阿鼻感到不解。

「什麼呀？」阿鼻說。

「啊，他應該是在問為什麼來這邊。」

果然還是瘦子，他懂我的意思。

「我知道，這邊有個可以看到『那個人』的地方。」

「這邊？我以為他在頂樓關著呢。」

「不是啦，怎麼可能。」

「那我們在這上面要幹嘛？」

「你們等等跟我來就知道了。」

「要等一下阿尼魯（胖子）嗎？」

「好哇，我先去一個地方找一下，你們等等來。」

頂樓這邊有很多住戶在上面曬衣服，這上面還有許多地毯，似乎是有住戶在這上面做早晨的瑜伽。面對整個社區，這個頂樓至少連接了好幾十棟的建築，上面有一道又一道類似柱狀的大型排風管的東西。一棟至少有十幾個之多，這些大柱子分散立在整個頂樓面積，一條一條高高的物件滿有一種原始儀式感的場景。每一個柱子的上面都安裝了類似像排風機的大型金屬物，但似乎沒有任何機器設備在裡頭運作。在柱子上立起來的排風管只有一個，那有一個巨大的開口，不規則的面相各個方向。柱子有點高，因此必須要爬上去，站在四方形的平台上，往排風管的開口裡面鑽。我就是見阿鼻在遠處幹這種事，他一個一個的爬上爬下，整個鑽進排風管，似乎在找尋什麼東西。

「你是說從這些大管子裡可以看到他？」瘦子大聲呼喊著。

「對！沒錯，但我只看過一次，我不得是哪一個管子！」

瘦子跟我不禁感到疑惑，怎麼可能從一個排風管裡面可以看到下面樓一層的內部。不過那個排風管非常巨大，每一柱的通風口都可以坐下一個人的體積。胖子這時已經跟上我們來到這些茂密的柱子區，這裡看似就好像一棵棵聳立的樹林一般，只是高度沒有很高。胖子看見阿鼻在那邊爬上爬下的，他立刻擺了張愁苦的臉坐在地上。他說他累壞了，不想再爬這些柱子。

於是乎，我跟瘦子還有阿鼻就開始在這些柱子上爬起來，尋找每個排風管下面的動靜。這種神秘感我發現我好像又回到了那時跟阿鼻在樹林裡的時候。據阿鼻指出，這裡其中有一個柱子上面的排風管是假的，而且可以從那個排風管下面的通風口直接看到下層樓的屋內。那個被反鎖禁止進入的屋子正好有一個通往上面的排風管。被他這麼一說我跟瘦子也有點忐忑不安，這有點像是在偷窺別人的感覺。胖子在一旁地上盤坐著，一直笑我們，他兩隻腿盤不太起來，他指著我們說好像在看幾隻地鼠在各個孔洞裡進進出出的。

因為爬上柱子之後，有個面積廣闊的風管口，開口向著不同的方位，而我們從開口正面鑽進去。但我小心翼翼的，不然會整個翻下去。我們先確認好從哪個開口鑽進去之後，手扶著風管，伸頭往那個寬廣的排管下面看。

我看了三、四個，下面都是烏黑一片，一點東西或不尋常的動靜也沒有，只有微微的風吹在我的臉上，那感覺特別黑暗。我倒是覺得一個一個爬著這些高大的柱子，流著汗，再到風口下方伸著頭，讓那從黑暗中飄出來的微風輕拂著臉龐，特別涼快。

我們在頂樓上來回徘徊著，頃刻間天色也快要暗下來了。胖子終於起身，開始想爬上來探看排風管下面是什麼動靜。我剛看完了一個在靠近另一棟左邊遠處的排風管，這兒鮮少有人在曬衣服，靠近邊緣的地方比較偏向角落。風口下面一樣是黑漆漆的一片，一點動靜也沒有，我於是就從柱子上跳了下來。忽然間，我覺得哪裡不太對勁，剛剛的排風管下面是沒有風的，反而有點倒抽進去。我跑去對面跟阿鼻要了手電筒，他下樓去拿了上來。我們一人一支手電筒，這樣也比較好往通風口下面照射觀看。我返回剛才那個靠近角落的排風管，跳了上去，我再把頭伸了進去，開啟手電筒往下面一照，瞬間我驚愕了住。在很下層的深處，有一個裸著上半身的青少年，抬著頭凝視著我。因為上頭距離下面非常遙遠，我依稀可見他抬頭盯著我，但具體的五官因為距離有點遠所以模糊不清。我嚇了一跳，我非常緊張想往後趕快鑽出去，但身體一滑整個人差點從排風管翻摔下去，我右手立馬往排風管上邊撐扶，左手頂著另一邊，才沒有往下墜。我再次退後幾步，手汗直流，但我想再次確認是不是看到了「人」，於是我握起手電筒再往下面一照，只見那少年已經在那兒靜坐著。他在一個非常狹小的空間，根本不像一個房間，因為活動範圍大概只能一個人在裡面，完全不像阿鼻所形容的那樣。

過了一會兒，我從排風管鑽了出來，正準備告訴他們三人，只見胖子站在我這柱子下方，阿鼻和瘦子分別站在遠處的柱子上面同時都盯著我。

「你怎麼了?」瘦子喊了我一聲。

「剛剛叫你都沒出來。」

「剛才有聲巨響是你弄的嗎？」他們三人都在詢問我。

我想應該是剛剛差點摔下去攙扶在金屬物上的聲響。我跟他們說「那個人」就在這下面！我看著他們三人，他們三人一動也不動的靜靜地看著我。我不曉得是怎麼了，不過他們三人似乎有點被嚇壞了。我頓時心裡也感到詫異，難道他們三個不應該感到高興嗎？

在我釐清事情的原委之後得知，原來在我鑽出排風管之前，阿鼻就告訴我們他找到了之前說的那個假風管，只是我剛好在排風管內沒有辦法聽到。

現在我離阿鼻有大約五到六個柱子遠的距離，我們不可能同時共享著同一個畫面，在樓層完全分了兩三棟之開，那個小房間很小很封閉。我頓時感到錯愕，但我確實看見了一個青少年的男孩在下面屋內盤坐。雖然下面很暗，但我跳了下來趕快拿起筆跟紙，把我看到的景象用手寫的文字遞給阿鼻看。我心跳加速跳著，阿鼻皺起眉頭說不是這樣子，他說「那個人」是一位年邁的老僧人，不可能是一個年輕人。胖子這會兒也開始嚴肅了起來，阿鼻轉身帶著我們過去「他的柱子」。我們一個一個爬上去看，而一次只能擠一個人，所以我先在柱子下面等胖子和瘦子上去看完，我一個人繼續貼在柱子上把我剛剛看到的場景再書寫完整一遍。

排風管很寬大，有一個人的大小，所以胖子和瘦子都輪流上去看了。他們說從這邊下面可以看見一位有鬍子全白的老人在下方靜坐著，他就是「那個人」。他們覺得很不可思議，所以三個人再回到「我的柱子」上面去看。阿鼻先是爬了上去，我在他的柱子這邊感到迷糊了，我在遠處看著他爬上去那根柱子，再鑽進排風管裡用手電筒照著。他鑽出來跟我們說下面什麼東西也沒有呀！我感到相當惶恐，我立馬轉身爬了上「他的柱子」，那個阿鼻所說的「那個人」，我伸頭進去看並用手電筒一照，還是那個青少年！根本沒有他們三個人看到的白鬍子老人！我非常錯愕，一時無法說明清楚，不過我瞬間理解到什麼。阿鼻跟瘦子問我說是不是有看到「那個人」，這下我更為確定我們所看到的「那個人」根本是不同人！在無法多做解釋之下，我發現已經無法用言語來說，頓時，我也已經不知道如何用文字去解釋，在這種不能被復現的情形下，一種揮之不去的非理性慢慢浮現在我腦中，或許這地方就有不同的「那個人」。

我點了點頭，在這個眾多龐大，像是被棄置的疆域裡，下頭的空間如此空空蕩蕩，就在我們都消蹤匿跡之時，有些地方並不洋溢著異域或夢魘，而是在我們的某些地方，禁閉著病。

深深醉心於栩栩如生的感性表面，卻在流浪不定的實踐與演繹之中，發現了入侵的現場。

它是否透過拘禁的邊緣來述說著另外的世界？

後記

我在印度的尾聲幾乎是急轉直下，在我們都還措手不及之時，父親就被調遣到了馬來西亞去了。我們在印度金奈的日子也當即告終。

離開前，我又再度轉學到了弟弟的學校：雪午德廳（Sherwood Hall），一間更小的校園，與弟弟同校上課。在那裡不到一年的時間，同學都尚未記熟，朋友也尚未交起，人就已經永遠地離開了金奈。

我有時候覺得自己像薩特小說裡的羅岡丹對德．羅爾邦先生一樣，分享著一個一般在台灣當地身長的人無法理解的經驗，又在印度當地的人身上無法取得共享的連結，就好像羅岡丹在敘述一個可能無人理會的抽象經驗一樣。

在台灣大多數的人對印度文化和耆那教文化是相當缺乏的，很難想像一個南亞大陸上的文明和許多的文化知識在過去的台灣教育中往往是缺席的。近期在整個南向政策發展之下，以及台灣當代藝術逐漸拓展對東南亞藝術的接軌之後，一些乘載著過去印度體系的東南亞諸國彷彿透顯著大量印度文明發端和其史詩文學的面容，尤其可貴。目前後起的移民與新住民的人口不斷增長之下，台灣本地的外國人口和他國文化的交融與接觸也在步步攀升。藉由東南亞藝術或者新住民的社會群體在台灣的展出，少許來自印度文明的痕跡也多少在台灣讓人民看見了。台灣跟印度貌似隔著一條線，當全世界都在瘋印度料理的同時，台灣似乎還隔閡在另一端的感覺之外。在藝術的範疇裡，文化的面貌和文化的交流也在此中不斷被普及與被認識當中。

二〇〇四年十二月二十六日，南亞大海嘯，當天我們正趕往到印度最南端的科摩林角（Cape Comorin）旅遊，科摩林角正是被海嘯侵襲慘重的地區之一。幸虧當時據說是火車司機誤點，一誤就好幾個小時，因此才躲過這劫海嘯。當時的當地居民皆分分嚇壞了，我們依稀可見有一群人被困在對面的小島上，當地人口中喊著剛才有「海上龍捲風」，可見他們並不知道「海嘯」的相關知識或訊息。南亞海嘯也造成金奈市著名的遊艇碼頭海岸（Marina beach）巨大的災難，奪走海灘上數百人的性命，當時南印度，包含斯里蘭卡成為了重災區。

我們也在印度定居的期間拜訪了斯里蘭卡島，一九七二年以前叫做錫蘭，在其廢除君主制之後才更名為斯里蘭卡。中國明代亦稱其為錫蘭，佛教經典中紀述其為「楞伽」，古代亦有許多名稱，如獅子國。那個被印度史詩《羅摩衍那》妖魔化的島嶼，其實大多數住在斯里蘭卡的居民皆普遍信仰上座部佛教，不是印度教的信徒，這些信徒反倒不常見。斯里蘭卡跟台灣是個類似的海島型國家，四周環海並且內部也有種茶的高山，是世界產茶大國之一。但連年內戰，導致斯里蘭卡國內局部動蕩不安。不管是印度還是斯里蘭卡，在這定居的五年期間是我人生中最為獨特和印象深刻的童年記憶。

美國藝文評論者休依森（Andreas Huyssen）對七○和八○年代之後的文化現象提出了所謂後現代論述的看法。他認為人們在七○年代之後，不管是因為世界的石油經濟危機或者是「十月戰爭」，人民開始對懷舊（nostalgia）產生了共鳴，而對「進步論」的信仰逐漸消逝。一種尋找著傳統、尋求著歷史儀軌和對地方性象徵的鞏固皆開始挑戰西方藝術和歐洲文化的根基。由此擴散出去，回歸地方性的，讓差異性和他異性的雙重介質被不斷地強化。從對他國文化的面對，我們不再以歐洲和西方上個世紀以來的征服和統治的態度在認識與對待，反轉成一種涵融與尊重的多元性包容方式去學習。女權主義也愈發被重視，女性的力量和自信不斷地突顯出來。在我們上個世紀不斷去提倡一種「向前看」的進步思想型態，逐漸地我們也慢慢學習起如何重視並懂得「向後看」的重要。這類對於回顧史的敬意和再度認識，成為了我們面對未來並向前看的動力、助力以及最大的激勵。

參考資料

Annette Wilke, Oliver Moebus, *Sound and Communication: An Aesthetic Cultural History of Sanskrit Hinduism*, Germany: De Gruyter, 2011.

Arthur Berriedale Keith, *The Religion and Philosophy of the Veda and Upanishads*, Harvard University Press, 1925.

Dempsey, Corinne G., *The Goddess Lives in Upstate New York: Breaking Convention and Making Home at a North American Hindu Temple*, New York: Oxford University Press, 2006.

Fort, Andrew O., *Jivanmukti in Transformation: Embodied Liberation in Advaita and Neo-Wedanta*, Suny Press, 1998.

Gene Gurney, *Kingdoms of Asia the Middle East and Africa*, Random House Value Publishing, 1986.

James Talboys Wheeler , *The History of India from the Earliest Ages*, Franklin Classic Trade Press, 2018.

Jan Gonda, *The History of Indian Literature*, Wiesbaden: Otto Harrasswitz, 1974.

John Keay, *India: A History*, Grove Press, 2011.

Radhakumud Mookerji, *Chandragupta Maurya and His Times*, Motilal Banarsidass Pub, 1988.

Robert Caldwell, *A History of Tinnevelly*, Asian Educational Services, 1982.

Eckard Schleberger 著，范晶晶譯，《印度諸神的世界—印度教圖像學手冊》（*DIE INDISCHE GOTTERWELT Ein Handbuch der hinduistischen Ikonographie*），上海：中西書局，2016。

Francois Gautier 著，林琬淳譯，《被誤解的印度大歷史：被忽視與不容忽視的文明國度》（*Nouvelle Histoire de l'Inde*），台北：本事出版，2018。

Thomas R. Trautmann 著，林玉菁譯，《印度：南亞文化的霸權》（*India: Brief History of a Civilization second edition*），台北：時報文化，2018。

宮靜著，傅偉勳、韋政通主編，《泰戈爾》，台北：東大出版，1992。

高木森著，國立編譯館主編，《印度藝術史概論》，台北：渤海堂，1992。

河清著，《現代與後現代—西方藝術文化小史》，杭州：中國美術學院出版，1997。